Classiques & Contemporains

Ricarda Huch

Le Dernier Été

Traduit de l'allemand par

Marie-Aude Delacroix

Présentation, notes, questions et après-texte établis par

François Tacot

professeur de Lettres

MAGNARD

Sommaire

Présentation

Le Dernier Été

Après-texte

Pour comprendre

Groupement de textes

Information / Documentation

BIOGRAPHIE DE RICARDA HUCH

Née le 18 août 1864, à Brunswick, en Allemagne, Ricarda Huch est fille de commerçant. Loin de subir le destin commun des jeunes filles de cette époque, elle fut une pionnière : première jeune fille admise à l'université de Zurich (car aucune université allemande n'admettait de femmes), elle suivit de brillantes études qui la menèrent jusqu'au doctorat d'histoire en 1891. Ricarda Huch étudia également la philologie et la philosophie.

Dans les années qui suivirent, elle exerça la profession de bibliothécaire, puis enseigna l'histoire et l'allemand à Brême, avant de partir pour Vienne. Sa carrière littéraire prit son essor : sous le pseudonyme de Richard Hugo, elle publia plusieurs volumes de poésie lyrique, de style néo-romantique, tel *Gedichte* (*Poésies*) en 1907. Dans ces recueils, elle célébra l'amour qu'elle portait à son cousin Richard Huch, qu'elle épousa en secondes noces en 1907. En 1906, elle avait divorcé de son premier mari, un dentiste italien, avec lequel elle connut la maternité.

Son séjour à Trieste lui inspira ses premiers romans de facture résolument romantique : *Errinerrungen von Ludolf Ursleu dem Jungeren* (1892), *Aus der Triumphgasse : Lebensskizzen* (1902). Elle y évoque, entre autres, de manière romantique et réaliste, les bas-fonds de Trieste. Son thème de prédilection, la volonté de vivre, y est bien présent, ainsi que dans son ouvrage suivant, *Vita somnium breve* (1903). Ricarda Huch consacrera également des ouvrages à l'unité italienne (*Die Geschichten von Garibaldi*, 1906-1907).

Elle se tourne ensuite vers les travaux historiques tels que sa trilogie consacrée à l'histoire de l'Allemagne, *Deutsche Geschichte* (1912-1949). La fiction, cependant, ne sera pas abandonnée, puisque paraîtront des nouvelles, et même un roman policier à caractère psychologique, *Der Fall Daruga*, en 1917.

Mais Ricarda Huch est surtout connue dans le monde entier pour sa résistance au nazisme. Membre de la prestigieuse Académie de Prusse pour les arts, elle s'opposa à l'exclusion d'Alfred Döblin, en 1933, puis à celle de Thomas Mann, lors de la prise de pouvoir d'Hitler. Les nazis exigeaient que les écrivains fassent, par écrit, allégeance au nouveau régime au sein de la nouvelle Académie nazie des écrivains.

Sa réponse fut sans ambiguïté : « Je vous dénie le droit de m'imposer une question aux conséquences aussi impossibles à évaluer, et refuse en conséquence d'y répondre. Les membres de l'Académie, d'après les statuts, doivent reconnaître sans exiger d'eux une profession de foi politique. Je suis toujours intervenue depuis que je fais partie de l'Académie, avec insistance, sur ce point que, lors d'une élection, rien d'autre ne peut déterminer notre choix que leurs qualités artistiques et l'importance de leur personnalité. C'est la position que je défendrai aussi à l'avenir. »

C'est dans cette phase de son existence qu'elle revendiqua son appartenance à la chrétienté, valeur à laquelle elle avait été indifférente, voire hostile, durant sa jeunesse.

Elle s'intéressait aux origines de la pensée anarchiste de Bakounine (un des théoriciens de l'anarchie) et Mussolini (qui obliquera vers le fascisme). Toutefois, politiquement, elle affirmera sa croyance profonde en la liberté personnelle d'entreprise et luttera toujours pour une démocratie pleine et entière.

Son indépendance d'esprit, son hostilité aux thèses nazies lui valurent, à elle et sa famille, bien des ennuis, mais elle échappa à la prison. Hitler et Goebbels la poursuivront toujours en vain (lui adressant un télégramme de félicitations pour ses quatre-vingts ans !). Elle osera même dire son admiration pour les auteurs de l'attentat contre Hitler en 1944.

Auteur d'un essai remarqué sur le romantisme, comparée à Germaine de Staël, nommée présidente honoraire du Premier Congrès des écrivains allemands de Berlin en 1947, Ricarda Huch fut nommée la « première femme d'Allemagne » par Thomas Mann. Elle préparait un important volume consacré à la Résistance quand elle fut surprise par la mort, le 17 novembre 1947. D'elle, reste cette volonté implacable d'œuvrer pour la liberté ainsi que le texte que nous vous proposons, *Le Dernier Été* (1910).

CONTEXTE HISTORIQUE ET LITTÉRAIRE DU *DERNIER ÉTÉ*

9 janvier 1905 : le « dimanche sanglant »

Sous les yeux de Lénine qui, depuis Genève, observe l'événement avec intérêt, le trône du tsar Nicolas II vacille en ce dimanche 9 janvier 1905... En effet, un cortège de milliers d'ouvriers grévistes se rend au palais impérial de Saint-Pétersbourg afin de supplier le monarque d'accorder au peuple plus de droits, de protection et une journée de travail de huit heures seulement.

Pourtant, la foule, loin d'entonner des hymnes révolutionnaires, chante des cantiques orthodoxes, conduite par un pope de trente-cinq ans nommé Gapone (qui sera pendu après un simulacre de procès orchestré par la police secrète d'État) ; loin de brandir le drapeau rouge de la révolution, elle brandit le portrait du tsar ; loin de se réclamer du marxisme, elle implore son souverain, le supplie de leur accorder justice et protection. Elle croit encore en une osmose possible entre l'autocrate et le peuple russe, scandant ces mots : « Démolis le mur entre toi et ton peuple, et qu'il gouverne en commun avec toi. »

Mais la situation est très instable dans toute la Russie, malgré une situation économique favorable (la Russie est la cinquième puissance économique mondiale ; elle se dote du Transsibérien, possède le pétrole de Bakou) : ouvriers mécontents, paysans opprimés et très pauvres, étudiants contestataires... La censure est omniprésente, la police d'État très active. Puis la Russie vient d'être humiliée par sa défaite au Japon. La victoire, qui devait relancer l'élan monarchique, s'est transformée en déroute. Les partis révolutionnaires mènent leurs premiers combats et leurs premières actions terroristes.

Devant l'ampleur du mouvement, le ministre de l'Intérieur fait donner la troupe : les cent vingt mille ouvriers et étudiants sont chargés par la garde impériale, qui les sabre, les fait piétiner par ses chevaux, les fusille… Lors de ces massacres, plus de cent personnes perdront la vie et plus de trois cents seront blessées.

Le tsar, informé de ces émeutes et de leur répression, écrit dans son journal : « De sérieux désordres se sont produits à Pétersbourg en raison du désir des ouvriers de venir jusqu'au palais d'hiver. Les troupes ont dû tirer dans plusieurs endroits de la ville. Il y a eu beaucoup de tués et de blessés. Seigneur, comme tout cela est pénible et douloureux. »

Le tsar menacé

Le tsar, éloigné de Saint-Pétersbourg, constate donc l'horreur d'événements qu'il n'a pu ni prévoir, ni maîtriser, ni éviter. Son espoir de voir restaurer son pouvoir chancelant vient de s'envoler définitivement : le « Batiouchka », surnom affectueux donné par ses sujets, fait place à « Nicolas le Sanglant »… Nicolas II, monarque faible de caractère, dépassé par sa charge, fait alors de mauvais choix : il charge le général Trépov de diriger la police russe, qui se rendra célèbre par la sinistre formule adressée à ses troupes : « Ne ménagez pas les cartouches… » On ne saurait être plus clair.

Les scènes de révoltes vont donc se multiplier : parmi elles, celle du fameux cuirassé Prince Potemkine, qui, en 1925, inspirera au réalisateur de cinéma Eisenstein le film de propagande soviétique, *Le Cuirassé Potemkine*. La révolte s'amplifie tout au long de l'année, se communiquant même aux territoires limitrophes de la Russie : la Pologne, la Finlande, les pays Baltes… Le mois d'octobre voit se dérouler, à l'instigation des partis révolutionnaires et des syndicats, bien organisés désormais, la première grève générale que le pays ait connue. Les universités s'associent à ce mouvement et connaissent une agitation sans précédent.

Les prémices d'une révolution

Chose inimaginable, un contre-pouvoir, sous la forme d'un Soviet d'ouvriers, tente même de s'imposer à Saint-Pétersbourg ! Ce qui oblige Nicolas II, le 17 octobre 1905, à signer un manifeste par lequel il renonce à exercer plus longtemps un pouvoir absolu en Russie ; le texte accorde des pouvoirs civiques aux citoyens, tels que la liberté d'expression, de presse, de réunion, d'unions syndicales. Les lois, désormais, devront être votées par la *Douma* (assemblée représentative). Ce progrès social sera toutefois de peu d'effet : le ministre Witte reconnaît qu'une constitution était nécessaire pour calmer la colère du peuple, mais affirme avec cynisme : « Elle est dans ma tête, mais, du fond du cœur, je crache dessus. » Le 27 avril 1906, le tsar assiste à la première réunion de l'assemblée nouvellement élue, mais la dissout deux mois et demi plus tard.

Comble d'ironie pour le souverain, le peuple, porté par sa victoire concrétisée par le manifeste d'octobre, ne se calme pas, exige de nouveaux droits, poursuit ses actions revendicatrices et commet, hélas, bien des exactions : pillages, actes délictueux de tous ordres, pogroms contre les Juifs… le tout entraînant de nouvelles et virulentes interventions policières. Le règne de Nicolas II, même s'il allait se poursuivre jusqu'en 1917, était donc bel et bien à l'agonie.

Le mouvement socialiste, lui, se renforce et prépare la révolution de 1917. Aidée par un pouvoir monarchique qui continuait d'agir sans avoir pris la mesure des événements, la révolution de 1905 aura bel et bien, selon le mot de Lénine, servi de « répétition générale ». C'est dans le cadre de cette Russie instable de 1906, secouée de violents troubles, que Ricarda Huch situe son roman *Le Dernier Été*.

RÉSUMÉ DU *DERNIER ÉTÉ*

Nous sommes en 1906. Les prémices de la révolution russe de 1917 se font déjà sentir.

Jegor Von Rasimkara, gouverneur de Saint-Pétersbourg, s'est, en effet, vu demander par les autorités gouvernementales d'aider à mettre un terme à la révolte des étudiants. Pour cela, l'université a été fermée. Mais la vie du gouverneur est menacée : des activistes s'apprêteraient à attenter à ses jours…

Afin de tranquilliser sa famille – son épouse Lusinja, ses filles Katja et Jessika, son fils Welja ; sans oublier Peter, son neveu, et Tatjana, sa sœur – Jegor accepte de recevoir dans sa propriété de Kremskoje, à la campagne, Lju, un jeune homme brillant, censé rédiger un ouvrage personnel de fin d'études, qui assurera les fonctions de secrétaire et protecteur de la famille. Or celui-ci est mandaté par les révolutionnaires pour assassiner le gouverneur…

S'ensuit une relation complexe entre les différents membres de la famille et le meurtrier en puissance : Lju n'est pas un assassin de sang-froid et entretient des rapports cordiaux avec l'épouse du gouverneur et ses enfants. Il respecte même Jegor, qui l'impressionne par ses qualités et sa détermination. Le trouble qu'il ressent – mais qui n'ébranle pas sa détermination à accomplir ce qu'il croit être son devoir –, il en fait état à son ami Konstantin qui, par ailleurs, assure la logistique dont il peut avoir besoin.

Les filles du gouverneur tombent amoureuses du secrétaire, le fils de famille le respecte et l'admire… L'épouse de Jegor von Rasimkara l'apprécie, le materne même quand il tombe gravement malade et l'entoure de beaucoup de prévenance. Comment, dès lors, mener à bien une mission qui détruira à coup sûr la famille qui l'accueille avec tant de bonté et de sentiment ? Comment, par ailleurs, ne pas trahir ses idéaux ? Car – et Lju le pense sincèrement – un monde ancien doit périr avec le gouverneur pour laisser place à une ère nouvelle, dont les enfants de sa victime seront les premiers bénéficiaires…

S'ajoutent à cette « tempête sous un crâne », selon le mot de Victor Hugo, des relations familiales toutes de tendresse et de convivialité. Ce court roman épistolaire fait donc la part belle à la psychologie, sans toutefois se montrer dogmatique, ni manichéen. Il analyse, au contraire, de manière directe, souvent pleine d'humour, de décalage, les contradictions qui agitent l'âme humaine. Il nous pousse à nous interroger : qui peut se prévaloir de détenir *la* vérité ? Qui est capable de se remettre en cause, de remettre en cause son système de valeurs sans en concevoir un trouble intense ? Est-il légitime de tuer une personne – innocente de tout crime mais servant une forme d'État arrivée à bout de souffle – afin d'insuffler un vent nouveau porteur de progrès, de liberté ? Suspense, angoisse, espoir, hymne à la vie et à la mort, ce texte ne saurait laisser le lecteur indifférent. Est-il donc si étonnant que l'œuvre de Ricarda Huch, que Thomas Mann avait qualifiée de « première femme d'Allemagne », résonne encore si profondément en chacun d'entre nous ?

Ricarda Huch

Le Dernier Été

L'ANGE EXTERMINATEUR
Par Michèle Gazier

Il est quelques livres, très rares, qui sont taillés comme des diamants, des livres tout en transparence, en pureté de lignes et qui n'attendent qu'une source de lumière – la complicité du lecteur – pour scintiller de tous leurs feux intérieurs aussi discrets qu'éclatants. Romans ou récits bien pris dans leur petite taille : *L'Ami retrouvé* de Fred Uhlman, *L'Accompagnatrice* de Nina Berberova, *Pedro Paramo* de Juan Rulfo sont quelques-unes de ces œuvres-là. Plaisir infini d'ajouter un titre à cette liste : *Le Dernier Été* de Ricarda Huch s'y inscrit tout naturellement.

Retenez bien son nom, Ricarda Huch, presque inconnue en France en dépit de ses travaux sur le romantisme et de son intérêt pour Garibaldi[1] et Bakounine[2], « première femme d'Allemagne », selon son contemporain et ami Thomas Mann[3], auteur d'un de ces livres sublimes qu'on lit d'un trait avec le sentiment que c'est sûrement cela un chef-d'œuvre.

Les événements de ce *Dernier Été*, dont l'édition allemande date de 1950, trois ans après la mort de son auteur, se déroulent en Russie au début du siècle. Nous sommes en 1906, la famille du gouverneur de Saint-Pétersbourg est installée à la campagne, loin des remous qui agitent la capitale, remous suscités par le gouverneur lui-même. Homme de principe et de droit, sorte de grand commis de l'État inflexible, le gouverneur von Rasimkara a fait fermer l'université pour cause de trou-

---

1. Homme politique italien (1807-1882) qui lutta pour l'unification italienne et se battit aux côtés de la France en 1870-1871.
2. Révolutionnaire russe (1814-1876), un des théoriciens du mouvement anarchiste, qui participa à la révolution de 1848 à Paris.
3. Écrivain allemand (1875-1955), prix Nobel de Littérature en 1929. Il s'exila aux États-Unis, quand Hitler prit le pouvoir.

bles et de contestations. Des étudiants ont été arrêtés ; ils sont détenus en prison, certains sont même condamnés à mort. La révolution gronde, et, dans le fond de sa retraite d'été, le gouverneur reçoit des menaces de plus en plus pressantes. Son épouse s'inquiète. Par égard pour elle, pour ses angoisses, il engage un secrétaire, en tous points parfait, pour le protéger. Celui-ci est en fait l'ange exterminateur mandaté par les rebelles…

Dans une atmosphère feutrée à la Tchekhov[1], le drame se noue sous nos yeux. Insouciance, romantisme, émois sentimentaux des trois adolescents de la maison, deux filles amoureuses et un garçon un peu cynique, charmant… Inquiétude de la mère, femme aimante et épouse bouleversée qui craint pour la vie de son mari. En contrepoint à tous ces émois familiaux qui nous sont contés à travers les nombreuses lettres que les personnages échangent, les quelques missives glacées du secrétaire à son chef, un certain Konstantin, d'autant plus menaçant que muet, nous donnent la mesure de la tragédie qui se joue.

Le formalisme[2] habituel du roman épistolaire disparaît ici, effacé par le sentiment de malaise voire de suspense qui croît au fil des pages. Le séduisant secrétaire se laissera-t-il séduire par cette famille bourgeoise qu'il découvre plus attachante qu'il ne le pensait ? Le monde n'est pas aussi manichéen[3] que voudraient le dire les révolutionnaires, et tuer n'est pas si simple, même lorsque la cause à défendre est celle du peuple et de la liberté. Devoir d'État contre devoir de militantisme, le gouverneur et son secrétaire campent tous deux sur des positions semblables : pas question de reculer ! l'un au nom du devoir, l'autre au nom de l'engagement politique… Tragique bavardage et tragique silence de tous

1. Écrivain russe (1860-1904), conteur, nouvelliste et dramaturge.
2. Rigueur.
3. Séparé de manière rigide entre le bien et le mal.

les protagonistes de ce drame. Derrière le vernis des conversations courtoises et sympathiques du gouverneur et de son secrétaire, derrière les relations de bonne compagnie, voire de séduction du même secrétaire avec le reste de la famille, se cache la mort, ombre noire sur la palette impressionniste d'un récit qui dit la fragile somptuosité[1] d'un été où rivalisent la beauté des femmes et l'exubérance des fleurs.

« Le verre n'est jamais si bleu qu'à sa brisure », écrivait Aragon[2]. Chez Ricarda Huch, la vie, comme l'été finissant, n'est jamais si éclatante qu'à l'heure de la mort.

Télérama, 28 octobre 1992

1. Splendeur.
2. Poète et romancier français (1897-1982), un des fondateurs du surréalisme.

PERSONNAGES

JEGOR VON RASIMKARA, *gouverneur de Pétersbourg*
LUSINJA, *sa femme*
WELJA, *son fils*
JESSIKA, *sa fille aînée*
KATJA, *sa fille cadette*
TATJANA, *sa sœur*
PETER, *son neveu*
LJU, *le secrétaire du gouverneur*
KONSTANTIN, *l'ami et correspondant de Lju*
IWAN, *dit Petit Père, le cocher*

LJU À KONSTANTIN

Kremskoje, 5 mai 19..

Cher Konstantin,

Je suis entré en fonction et vais te décrire la situation. Je ne doute pas de réussir ce que nous avons prévu. Il semblerait même que les circonstances soient plus favorables que nous l'espérions. Toute la famille du gouverneur me trouve sympathique. Le soupçon n'est pas de mise. Quoi de plus normal ? Nous seuls, qui sommes dans le secret, pouvions craindre le contraire. Les renseignements que le gouverneur aurait pu prendre sur mon compte, ne sauraient me nuire. Mes certificats, de l'école maternelle à l'université, sont brillants. Le seul élément qui jouerait à mon désavantage serait la mésentente avec mon père, mais il est atténué par son caractère autoritaire et excentrique qui est de notoriété publique[1]. Quoique je sois porté à croire qu'il n'a mené aucune enquête ; dans sa situation, une telle absence de méfiance serait à mettre sur le compte de la naïveté s'il ne fallait plutôt y voir le fait de sa témérité[2] et de ses erreurs de jugement. Mon engagement semble d'ailleurs être l'œuvre de sa femme qui, de nature inquiète, n'a plus d'autre idée en tête que de protéger la vie de son mari, depuis qu'elle a reçu la lettre de menace. Elle non plus n'est pas une personne méfiante ; alors qu'elle flaire d'impossibles dangers dans tous les recoins, elle offrirait une cuillerée de soupe au meurtrier, s'il lui semblait que le pauvre homme n'a rien de chaud dans le corps. Le billet que tu as écrit l'a poussée à chercher un jeune homme qui, sous prétexte d'être le secrétaire de son mari, le protégerait des éventuels atten-

1. Su par tous.
2. Courage peu raisonnable.

tats, sans qu'il le remarque. Cependant, il ne lui a été possible de cacher à ce dernier ni ses craintes, ni son plan. Pour avoir la paix, il a fini par céder à ses instantes[1] prières, en partie aussi parce que, depuis peu, une sorte de névralgie[2] au bras droit l'handicape pour travailler. Mais il a posé la condition suivante : au moins la nuit voulait-il rester sous la seule protection de sa femme. Ils rirent tous les deux, et il ajouta qu'elle s'entendait de si excellente manière à la fortification de leur chambre, qu'il s'en remettait à elle en confiance. Elle n'allait jamais se coucher sans avoir auparavant examiné les placards et plus particulièrement les rideaux, qu'elle tient pour le refuge idéal des malfaiteurs. On devait être vigilant, a-t-elle précisé avec vivacité. Elle n'était pas le moins du monde anxieuse, elle laissait même les fenêtres ouvertes la nuit, parce qu'elle était une amie de l'air frais. De toute façon, elle avait l'intention d'y faire poser des barreaux. Car, lorsque les portes de la maison sont fermées, les personnes malintentionnées n'ont plus d'autre solution que de passer par la fenêtre. Toutefois, elle avait déjà le sentiment qu'elle s'inquiéterait moins, maintenant que j'étais là. À ces mots, l'extraordinaire expression de son visage me gagna à sa cause. « Je l'espère bien, dis-je, chacun des soucis que vous vous feriez, à présent, serait pour moi un reproche contre ma conscience professionnelle. » Pendant notre entretien, son fils était entré dans la pièce ; il me considéra d'un air soucieux et demanda : « Commencez-vous dès aujourd'hui ? » Nous ne pûmes nous empêcher de rire et la conversation prit aussitôt un tour familier. Ce fils – il s'appelle Welja – est un beau garçon, très drôle, guère plus jeune que moi, mais il joue encore comme un enfant de cinq ans, à la différence près que son jouet n'est plus exactement le

1. Pressantes.
2. Douleur.

même. Il étudie le droit pour embrasser[1] un jour la carrière diplomatique ; or il n'y paraît rien. C'est un homme intelligent et moderne, infiniment réceptif, dont les innombrables désirs sont encore inexplorés. Son caractère est de n'en avoir aucun : cela en fait un individu complètement futile[2]. Il ne voit en toute situation que ce qui lui permet de tourner un bon mot, dont l'irrésistible charme tient au ton endormi sur lequel il le livre. Outre Welja, il y a deux filles, Katja et Jessika, âgées de vingt et vingt-trois ans, blondes, charmantes, aussi semblables que des jumelles. Elles étaient prévenues contre moi[3], car elles jugeaient déraisonnables les angoisses de leur mère et craignaient d'être dérangées dans leur retraite[4] estivale. Cependant, comme elles me trouvent élégant et stylé, et comme Welja, leur modèle, s'entend bien avec moi, elles commencent à se familiariser avec le fait que je sois là. Ces trois enfants m'évoquent – je ne sais pourquoi – de petits canaris sur un perchoir qui se pressent les uns contre les autres et gazouillent. Toute la famille, en général, a quelque chose de candide[5] et d'inoffensif qui pourrait rendre ma mission ridicule à mes propres yeux. Mais je connais suffisamment l'âme humaine pour savoir qu'une arrogance[6] démesurée en constitue le fondement. La haine ou même la malveillance supposent une certaine proximité avec les êtres ; eux, ils considèrent qu'ils sont seuls dans un monde qui leur appartient. Les autres n'ont aucune réelle valeur et n'entament en rien leur sérénité. La domesticité se compose de trois bonnes et d'un cocher, Iwan, qui boit et que Welja appelle

1. Ici, se consacrer à.
2. Superficiel.
3. M'étaient hostiles.
4. Ici, résidence secondaire.
5. Naïf.
6. Mépris.

Petit Père ; ce sont des gens de la vieille Russie qui se sentent toujours serfs[1], adorent leurs maîtres et portent sur eux des jugements qui révèlent une inconsciente supériorité, car ils sont plus proches de la source primitive. Chers êtres qui, comme les animaux, m'inspirent un certain respect. Voici mes premières impressions ; tu recevras bientôt plus de nouvelles de ma part.

Lju.

1. Esclaves.

WELJA À PETER

Kremskoje, 6 mai

Cher Peter,

Je me suis fait à l'idée de devoir vivre ici, à la campagne, pendant la durée du congé de Papa. Quelle idiotie cette fermeture de l'université ! J'avais parfaitement raison quand je recommandais le calme ; il était à prévoir que nous aurions le dessous lors d'un affrontement. Mais il a fallu que tu fonces à toute vapeur, lancé pareil à une machine emballée[1], et seul le hasard te vaut de ne pas être mené à la potence par mon propre père. Il n'y a absolument aucune honte à céder à la force ; bien de la bêtise, au contraire, et de la folie furieuse à l'affronter. Je ne suis ni stupide ni fou. Si je n'avais pitié de ces pauvres gars qui, emportés par leur ferveur sacrée, ont donné dans le piège sans aucun espoir de recours, je me réconcilierais avec cette histoire. C'est encore à Kremskoje que l'on jouit le mieux de l'été. En restant à Pétersbourg, je ne me serais pas dépêtré aussi facilement de cette liaison nouée de manière un peu irréfléchie avec Lisbeth. Papa et Maman sont assez vieux jeu[2] soit, mais intelligents, et raffinés : leur fréquentation quotidienne est bien plus agréable que celle des énergumènes excités auxquels tu aimes frotter ton cuir antédiluvien[3]. Il est vrai qu'on ne peut sérieusement contredire Papa, si l'on veut avoir la paix à table. Toutefois Maman prête l'oreille aux idées de révolte, à l'occasion, et elle fronde[4] avec une certaine verve contre Papa qui apprécie en elle ce trait de caractère, quand cela ne dépasse pas les limites des convenances. En

---

1. Ici, incontrôlable.
2. Démodés.
3. Ta peau d'animal préhistorique.
4. S'oppose à.

revanche, lorsqu'il se racle la gorge avec insistance ou bien lorsqu'il fronce les sourcils, elle baisse aussitôt le ton pour nous donner le bon exemple de l'obéissance. Enfin, Katja est avec nous : de supportable la situation devient donc franchement sympathique.

L'ange gardien est arrivé. Maman est persuadée qu'il a le talent d'attirer sur sa tête tous les poisons, armes, bâtons de dynamite et autres mauvais coups destinés à Papa, et elle apprécie infiniment l'habile jeune homme. Nous pensions avoir à côtoyer un individu à la barbe imposante, aux larges poings et au verbe ampoulé[1] ; au contraire, il est mince, imberbe et réservé, plutôt de type anglais. Son père avait exigé qu'il présentât sa candidature pour une chaire[2] de professeur – il a en effet étudié la philosophie –, mais il ne voulait pas faire carrière et avait la caste des philosophes en singulière aversion. Pour l'y forcer on lui a coupé tous subsides[3], il a donc accepté cette place pour laquelle il est finalement bien peu qualifié. « Je crois d'abord me rendre utile en tranquillisant Madame votre mère, m'expliqua-t-il, et cela ne me semble guère difficile. Elle a l'aimable qualité de ne pas être sceptique et me prendra volontiers pour un paratonnerre, si je m'efforce tant soit peu d'y ressembler. » – « À condition que vous ne vous y ennuyiez pas », répondis-je. À ces mots, il se mit à rire : « Je ne m'ennuie jamais. Où qu'il soit, l'être humain se trouve au centre d'un mystère. Hormis cela, j'aime la vie à la campagne et la bonne compagnie. Je suis donc pourvu. » Il a le regard perçant et je suis persuadé qu'il nous a tous déjà dûment analysés et étiquetés. Il pense être lui-même insondable[4] ; malgré sa froideur apparente, je le tiens pour téméraire[5], très passionné et ambitieux.

---

1. À l'expression prétentieuse.
2. Poste d'enseignant.
3. Salaires.
4. Mystérieux.
5. Cf. note 2, p. 19.

Il serait dommage qu'il devienne un jour professeur. On a le sentiment qu'il veut, et peut, plus que les autres. Il doit nourrir des opinions aussi révolutionnaires que les nôtres, mais pour le moment son discours reste très impersonnel. C'est cette objectivité qui m'en impose le plus car, singulièrement, sa conversation n'en est pas moins passionnante. Jessika et Katja y sont naturellement très sensibles, mais tu n'as pas encore lieu d'en être jaloux pour autant, vieux saurien[1].

Ton Welja.

1. Famille des reptiles, dont font partie les crocodiles.

JESSIKA À TATJANA

Kremskoje, 7 mai

Chère Tante,

Maman a engagé un secrétaire pour Papa dont la véritable fonction est de le protéger des bombes qui le menacent. Comme c'est un très grand secret, qui doit demeurer tel, je présume que la chose est devenue publique. Il vaut peut-être mieux que cela s'ébruite dans les cercles les plus divers ; ainsi les anarchistes ne s'y risqueront même pas, ce qui facilitera le travail de notre ange gardien. Tu peux constater que je lui veux du bien, et il le mérite, ne serait-ce que parce que sa présence a une influence fort bénéfique sur l'humeur de Maman. Lors du déjeuner, elle lui demanda s'il avait rêvé : le premier rêve est très significatif lors d'un nouveau séjour. Je ne crois pas que c'était le cas, mais, sans plus attendre, il se mit à nous conter une longue histoire. Il s'était retrouvé à l'intérieur d'un magnifique palais et avait lentement cheminé d'une pièce à l'autre ; il fit une description très détaillée de l'ensemble. Il finit par rejoindre un appartement complètement plongé dans l'obscurité et sur le seuil duquel il fut pris d'une inexplicable angoisse ; il avait hésité à poursuivre, puis s'était ressaisi, puis encore arrêté et s'était soudain réveillé le cœur battant. Maman ouvrait des yeux de plus en plus grands. « Qu'il est heureux que vous n'y soyez pas entré ! Il devait certainement y avoir quelque chose de terrible à l'intérieur. » – « Une baignoire, peut-être », lança Welja tranquillement. Nous ne pûmes nous empêcher de pouffer. Et comme Katja se mit à rire bien après nous, notre hilarité[1] dura très longtemps. « Je vous en prie, achevez votre promenade la nuit prochaine, lui dis-je, et prenez un bain afin de rassurer

1. Crise de rire.

Maman ; car se baigner ne peut être qu'un bon signe. » Mais non, selon Maman, l'eau serait un présage ambigu[1], seul le feu assurerait toujours un songe de bon augure. Elle en avait justement fait un cette nuit ; elle nous le raconta derechef[2], c'est trop charmant. Elle souhaitait aller se coucher avec Papa, et voilà que leurs lits étaient en flammes, de belles flammes claires, sans fumée (c'est très important !) ; elle n'avait eu de cesse de souffler pour les éteindre. Là, Papa avait crié : « Lusinja, ne souffle donc pas de la sorte ! » Il s'étranglait de rire. Puis elle avait ri, elle aussi, et s'était réveillée. Selon Maman, ce rêve est en relation avec l'arrivée du Lju qui nous porterait bonheur. Notre ange gardien s'appelle Lju. Il enchaîna en expliquant l'origine de la croyance populaire en la signification des rêves. « Tous les peuples ont donné le même sens à l'eau et au feu », ajouta-t-il et il démontra pourquoi il en était ainsi, et ce qu'il y avait de vrai dans ces superstitions. Malheureusement, je ne peux pas te l'exposer aussi joliment qu'il le fit. Papa a écouté, très intéressé, alors qu'il ne comprend absolument rien aux sujets de ce genre, et il soupira : « Vous feriez un excellent secrétaire pour ma femme ! » Je vais encore te raconter ce qui s'est passé à midi. C'était irrésistible. Je demandai à Welja s'il reprenait du pudding et il répondit à son habitude : « Père, que ta volonté soit faite ! » Lju le regarda, intrigué. Maman expliqua que Welja usait de cette formule avec prédilection pour dire « Cela m'est égal ». Il l'avait sans cesse à la bouche. Mais elle espérait – elle insista – qu'il allait enfin réprimer cette habitude exécrable car elle ne pouvait supporter la moindre profanation[3] du sacré. « Une profanation du sacré ? » interrogea Welja, étonné. « Enfin, Welja, s'indigna Maman, ne fais pas comme si tu ignorais que ces paroles sont tirées de

1. Symbole difficile à interpréter.
2. De nouveau.
3. Violation.

la Bible[1]. » – « Non, vraiment, si j'avais su que la Bible contenait de si paresseuses expressions, je peux t'affirmer que je l'aurais lue. » Le brave garçon ! Ses yeux écarquillés exprimaient le plus sincère étonnement.

Les nerfs de Papa se portent à merveille, il a grondé une fois à cause d'Iwan parce qu'il pensait qu'il était ivre – un hasard, il ne l'était justement pas – et une autre fois parce que le riz lui semblait brûlé. Il n'y a pas encore eu de véritable crise bien que nous soyons ici depuis déjà quatre jours.

Très chère Tante, je dépose quotidiennement des bouquets de thym, de lavande et de romarin dans les chambres d'amis, sur les tables, mais aussi dans les armoires et les commodes afin qu'elles s'imprègnent complètement d'un joli parfum ancien. Récompense mes attentions en venant.

Ta Jessika.

1. Matthieu, 6 : 10, où Jésus apprend à prier aux apôtres.

KATJA À PETER

Kremskoje, 9 mai

Cher Peter,

Tu es un veau[1] si tu m'en as réellement voulu de ne pas être à la maison quand tu es passé me faire tes adieux. Pouvais-je savoir que tu viendrais ? Et en plus, je rendais une dernière visite à la vieille Générale[2], ce qui est loin d'être une partie de plaisir. Se fâcher ainsi est petit-bourgeois ; espérons que Welja m'a menti. Si je ne trouvais pas aussi effronté[3] que Papa ait fermé l'université, je serais heureuse d'être ici. Je passe mon temps à manger, dormir, lire et me promener à bicyclette. Le nouveau secrétaire est très élégant bien qu'il n'ait pas d'argent, il a belle allure et, de plus, il est prodigieusement intelligent. Il fait également de la bicyclette avec nous quoiqu'il n'en ait guère envie ; il affirme que c'est déjà dépassé et que l'on devrait maintenant rouler en voiture. Je trouve qu'il a parfaitement raison, aussi poussons-nous Papa à nous en offrir une. En attendant, nous tenons un journal automobile. Salut.

Katja.

---

1. Nigaud.
2. La veuve d'un général.
3. Ici, injuste.

LJU À KONSTANTIN

Kremskoje, 10 mai

Mon séjour ici est d'un grand intérêt psychologique. Cette famille a toutes les qualités et tous les défauts de sa condition[1]. Peut-être même ne faut-il pas parler de défauts ; ils appartiennent à une époque qui doit disparaître, et ils barrent le chemin à une autre qui est en devenir. Il est douloureux de voir tomber un vieil et bel arbre pour laisser place à une ligne de chemin de fer. On l'assiste comme s'il s'agissait d'un vieil ami ; à la fois admiratif et attristé, on le contemple jusqu'à sa chute. Indéniablement, c'est dommage pour le gouverneur qui est un excellent exemple de son espèce ; toutefois, je pense qu'il a connu son apogée. S'il en avait l'intelligence et se retirait, ou s'il renonçait à exposer sa vie, nul autre ne s'en réjouirait autant que moi ; mais il est trop fier pour s'y résoudre. Il juge que seul celui qui travaille et accomplit une tâche a droit à la vie. Il est absolument incapable de se représenter une existence oisive[2], c'est pourquoi il veut conserver ses activités. Il croit qu'en suivant les conseils des médecins, il recouvrera progressivement sa force d'antan[3]. Récemment, il s'endormit assis à son bureau et je pus l'observer à loisir ; son visage qui n'était plus animé par son beau regard sombre et passionné m'apparut alors très mou et usé, tandis qu'en général il donne encore l'impression d'une puissante maturité. Quand il s'éveilla, il se redressa aussitôt, me lança un bref coup d'œil et parut visiblement rassuré en constatant que je semblais n'avoir rien remarqué. Il est caractéristique de sa part de rechigner[4] à admettre sa fatigue ou sa

1. Rang social.
2. Désoeuvrée.
3. D'autrefois.
4. Ici, d'avoir du mal à.

somnolence[1]. Ainsi, il apprécie que je le soulage du peu de travail qu'il effectue ici, pendant son congé, ou du moins que je lui facilite la tâche, et il ne le cache pas ; cependant, il n'aimerait pas donner à penser qu'il est trop fatigué pour l'accomplir seul. Il en arriverait lui-même à le croire qu'il en serait très malheureux.

Comme souvent les êtres réputés sévères et impitoyables dans leur fonction, il est bienveillant envers tout un chacun et sa bonhomie[2] s'étend infiniment quand il a en face de lui une personne conciliante[3] et soumise. La rébellion le déconcerte car il n'a de sensation immédiate que sa propre volonté et il assez naïf pour supposer que, de la même façon, elle fasse autorité pour les autres. Il est pareil à un soleil, dirais-je, qui, animé d'un zèle[4] superbe et loyal, bien que sans ménagement, subvient aux besoins de son monde ; il donne la vie, brûle et illumine selon sa force et ne doute pas que les planètes trouvent leur idéal dans leur éternelle révolution autour de lui. Il ne croit fondamentalement pas en l'existence de comètes ou d'anomalies, à moins qu'elles ne se produisent en lui ; j'imagine sans peine qu'une sérieuse défection[5], la réelle désertion de l'un de ses satellites[6], lui ferait perdre la raison plutôt que son calme. Et pourtant, ses enfants agissent plutôt comme ils en ont envie ; mais en théorie ils ne portent pas atteinte à son autorité. Ils sont bien les enfants de sa chair : c'est un homme aux instincts puissants. Bref, il est de commerce facile[7], ce qui fait fort bon ménage avec sa capacité de travail. Chez lui il veut se sentir à l'aise.

---

1. Demi-sommeil.
2. Bonté.
3. De bonne volonté.
4. Ardeur.
5. Manquement.
6. Collaborateurs.
7. Agréable à fréquenter.

Welja est un jeune homme particulièrement charmant quoiqu'il n'ait pas sa place ici. Il a l'âme d'un jeune pêcheur napolitain ou d'un prince favori qui porte de jolis vêtements, lance de jolies impertinences et ne distingue pas vraiment le rêve de la réalité. Les sœurs ne sont pas aussi jumelles qu'il me semblait de prime abord – d'apparence non plus. Elles sont toutes deux d'assez petite taille, des masses de cheveux blonds encadrent leur tendre visage ; au demeurant, elles sont aussi différentes l'une de l'autre qu'une rose thé et une rose mousse. Quand Jessika traverse une pièce, on dirait qu'un faible vent emporte un pétale détaché. Katja est solidement campée sur terre, et qui ne se gare pas sur son passage est repoussé sur le côté aussi fermement que possible. Jessika est délicate, a souvent du chagrin, et sa fragilité lui donne une séduction particulière, raffinée ; on a l'impression de ne pas pouvoir la serrer sur son cœur sans lui faire du mal. Katja est solide, franche, mais sans provocation, une enfant intelligente et pleine de caractère, d'agréable compagnie. Jessika est parfois un peu languide[1], puis à nouveau elle surprend par un gracieux mot d'esprit qui n'est jamais blessant, mais fait plutôt l'effet d'une allusion affectueuse et choisie. Cela a son charme de gagner ainsi de l'influence sur ces jeunes êtres, et pour le moment j'en profite ; rassure-toi : la rigueur et la sévérité n'en sont pas absentes.

Lju.

1. Passive.

JESSIKA À TATJANA

Kremskoje, 10 mai

Chère Tante,

Tu te tracasses à cause de notre protecteur qui est là justement pour dissiper[1] toute inquiétude ? Je serais sous son charme et ma lettre exprimerait une joie suspecte ? Mon Dieu, il est bien naturel que je me réjouisse car sa présence a chassé les craintes de Maman. Sois tranquille, ma chère Tante, s'il s'éprend[2] de quelqu'un, ce sera de ma sœur ; et le cœur de Katja n'est pas aussi fragile que le mien, n'est-ce pas ? Ou crains-tu que Peter ne devienne jaloux ? Tu sais, je ne crois pas un instant que Katja tombe sérieusement amoureuse ; elle est au milieu des groseilles, accompagnée de Welja, et ils s'empiffrent[3] autant qu'il y a dix ans, avec la même détermination, comme s'ils allaient être décorés pour cette prestation.

Maman n'avait pas été aussi sereine ni aussi gaie depuis bien longtemps. Seigneur, quand je pense à ces derniers temps en ville, à ces scènes quand Papa tardait une demi-heure de plus que ce qu'elle avait prévu ! Récemment, elle ne le trouva pas dans sa chambre, ni dans le reste de la maison, ni dans le jardin. Elle commençait déjà à s'agiter, quand notre Mariuschka lui dit que Monsieur le gouverneur était parti se promener avec Monsieur le secrétaire. Elle recouvra aussitôt son calme et me proposa de chanter en duo avec elle. Selon ses appréciations, j'ai une voix ravissante et je roucoule tel le rossignol des romans d'amour. Cet après-midi, Papa était encore un peu endormi quand on l'appela pour le thé. Maman saisit son face-à-main[4], le considéra attentivement et lui

1. Faire cesser.
2. Tombe amoureux.
3. Mangent avec gloutonnerie.
4. Lunettes fixées sur un manche, et que l'on tient à la main.

demanda d'une voix tendre : « Pourquoi es-tu si pâle, Jegor ? » – « Enfin ! s'exclama Papa, je croyais déjà que tu ne m'aimais plus car cela fait huit jours que tu m'as posé la question pour la dernière fois. » Il plaisantait bien sûr ; mais si les angoisses de Maman, dont il se moque continuellement, cessaient pour de bon, il se sentirait réellement très négligé ; tel est Monsieur le gouverneur.

Je me rends compte à l'instant, très chère Tante, que je ne sais toujours pas si ton refroidissement a complètement disparu, si cette fâcheuse et énigmatique douleur à ton petit doigt a cessé de te faire souffrir, si tu viens, et à quel moment. Le lilas est en fleur, les châtaigniers sont en fleur. Tout ce qui peut fleurir est en fleur !

Ta Jessika.

WELJA À PETER

Kremskoje, 12 mai

Cher Peter,

En laissant paraître ta jalousie, tu te rendrais ridicule auprès de Katja. Et enfin, à quoi bon ? C'est de moi dont tu devrais être jaloux, mais pour cela tu es de bien trop grossière facture[1]. Lju fait la cour à Jessika, c'est-à-dire qu'il la regarde et règne sur elle du pouvoir de ses yeux, car naturellement elle est tombée dans le piège. Lju est un être prodigieux ; « sans âme » dirait-on, si l'on pouvait attribuer cette qualité à une créature qui est tout en puissance et en acte. Il n'aurait vraisemblablement aucun scrupule à rendre malheureuse Jessika ou n'importe quelle autre jeune fille ; quand on a le courage de se donner à lui entièrement, il faut aussi avoir celui de le laisser vous détruire. Et pourquoi les filles se précipitent-elles si avidement vers la lumière ? C'est en tout cas leur destinée, comme celle des moucherons de se brûler les ailes. Lju ne sacrifierait jamais son amour-propre à une femme, ce que font finalement la plupart d'entre nous. Il les détruit en passant, tel le soleil ; il suffirait simplement qu'elles ne s'approchent pas trop de lui, mais elles ne peuvent bien sûr s'en empêcher. Katja est différente, Dieu soit loué ! c'est ce qui me plaît tant en elle, bien que je n'aimerais pas que toutes les filles lui ressemblassent.

Hier au village, Katja et moi avons découvert un marchand de friandises turques qui vend des choses au goût inouï : roses, collantes, transparentes et pareilles à de la gomme[1]. Il semblerait qu'il soit vraiment turc car je n'ai jamais rien mangé d'aussi sucré. Plus on se dirige vers le

1. Trop peu évolué.
2. Loukoums.

sud-est, meilleures deviennent les sucreries. Katja et moi n'arrêtions pas d'en avaler et le Turc nous considérait de ses grands yeux bovins et inexpressifs. Enfin, nous fûmes gavés : « On doit s'arrêter maintenant », lui expliquai-je. – « Vous n'avez plus d'argent ? » demanda-t-il ; il nous a certainement pris pour des enfants. « Je ne me sens pas bien », lui répondis-je. Son visage jaune ne broncha pas ; nous aurions éclaté sous ses yeux qu'il n'aurait pas sourcillé.

Dans le village nous rencontrâmes une très ravissante jeune fille avec laquelle, gamins, nous jouions parfois. Jadis nous la trouvions terriblement laide et la taquinions à propos de ses cheveux roux ; elle m'apparut à cet instant diablement charmante. « Anetta, lui criai-je, alors tu n'es plus laide ? » – « Welja, répliqua-t-elle aussitôt, alors tu n'es plus aveugle ? » Je ne pus en dire davantage devant Katja ; mais j'acquiesçai[1], et elle me comprit.

Welja.

1. J'approuvai.

LUSINJA À TATJANA

Kremskoje, 13 mai

Chère Tatjana,

Pourquoi mes filles devraient-elles tomber amoureuses de Lju ? Pourquoi en es-tu aussi convaincue ? Jusqu'alors je les ai jugées bien trop immatures pour aimer ; Katja est encore une enfant. Maintenant que tu me l'as fait remarquer, je me rends compte que Lju est dangereux : viril, courageux, intelligent, intéressant, peu commun, tout ce qui impressionne une jeune fille. Mais il me faut le louer[1] d'être plutôt sur la réserve vis-à-vis de mes deux petites ; peut-être est-il déjà lié. Certes, je me suis aperçue que Jessika l'admire ; elle ne le quitte pas des yeux quand il parle, elle est plus loquace[2] qu'à l'ordinaire et déborde des plus tendres inspirations. Je n'y voyais rien de fâcheux, au contraire je me réjouissais de sa gaieté. Tatjana, je ne m'opposerais pas à son départ, au cas où tu voudrais l'inviter à venir chez toi. Il est possible que ce soit la meilleure solution. Ma pauvre petite Jessika, quand je pense qu'elle l'aime ! Il ne l'aimerait pas, elle en souffrirait, et plus encore peut-être s'il l'aimait. Non, ce n'est pas un homme pour elle. Il comprend tout, mais il n'a pas la moindre faille, il n'a aucune indulgence pour les petits caprices futiles[3] ou bien il ne s'y intéresse que comme à des plantes que l'on collectionne dans un herbier[4]. Il ne peut s'abandonner à un être, il le consume[5]. Je le crois capable d'une grande destinée, de devenir un

---

1. Ici, féliciter.
2. Bavarde.
3. Cf. note 2 page 21.
4. Album dans lequel on conserve des feuilles, des fleurs séchées, et où l'on précise leurs noms, caractéristiques...
5. Ici, le domine.

jour très célèbre, par exemple ; en tout cas, il a besoin de l'air raréfié des hauteurs dans lequel ma petite fille ne pourrait respirer.

Ce qui est curieux, c'est qu'il nous porte un intérêt manifeste[1]. Il paraît vivement sensible à nos égards, il reçoit la confiance que nous lui accordons comme allant de soi, mais finalement ne donne spontanément rien en retour. Non qu'il ne soit pas ouvert, il répond sincèrement à toutes les questions que l'on est amené à lui poser, et sans retenue ; il n'est pas renfermé non plus, du moins parle-t-il assez souvent, et toujours de sujets qui lui tiennent à cœur. Toutefois on n'a pas le sentiment de le connaître intimement.

J'ai déjà pensé que sa vie pouvait receler des secrets qui lui imposent le silence, mais cela ne m'inquiète pas car je suis sûre qu'il n'y a là rien de blâmable[2]. Récemment il fut question du mensonge. Selon Lju, dans certaines circonstances mentir n'est rien qu'une arme comme les autres dans le combat de la vie. Seul se mentir à soi-même est méprisable. « Se mentir à soi-même ? releva Welja. Comment est-ce possible ? Je ne me croirais jamais. » Ravi, Lju éclata de rire ; je ne pus moi-même m'en empêcher, mais me sentis obligée de faire remarquer à Welja que sa plaisanterie n'était pas très heureuse. « On ne peut pas en faire de meilleures, répliqua mon garçon, sinon Katja ne les comprend pas. » Oui, pour en revenir au fait, j'ai la conviction que Lju ne se mentirait jamais à lui-même et voilà pour moi le plus important. Un tel principe peut être dangereux, mais il est à la mesure d'une personnalité de valeur.

Chère sœur de mon époux bien-aimé ! si je n'étais pas entourée de mes grands enfants, je m'imaginerais en voyage de noces. Si seulement nous ne retournions jamais en ville ! Jegor a recommencé à jouer du

1. Évident.
2. Condamnable.

piano – il ne peut décidément rester inactif –, et moi je l'écoute, et je rêve, ce que je sais très bien faire. Te souviens-tu du temps où je l'appelais mon immortel ? Quand je le regarde, j'ai parfois le sentiment que quelque chose a changé ; ce ne sont pas ses cheveux blancs, plus nombreux à présent que les noirs, ni les larges cernes qui se creusent souvent sous ses yeux, ni les lignes sévères qui assombrissent son visage : c'est une atmosphère indicible[1] qui entoure tout son être. Il est même arrivé que mes yeux s'emplissent soudain de larmes ; j'ai couru me réfugier dans notre chambre où, la tête enfouie dans les coussins, j'ai crié : « Mon immortel ! Ah, mon immortel ! » Qu'il y ait des fous n'a rien de surprenant, mais il est fort regrettable que même les personnes les plus raisonnables soient ainsi victimes d'un accès de démence[2].

Ta Lusinja.

1. Inexprimable.
2. Folie.

LJU À KONSTANTIN

Kremskoje, 15 mai

Cher Konstantin,

J'aurais dû y penser ; néanmoins je voulais croire que mes prévisions étaient fausses. Je te donne l'impression d'être ici en vue d'études psychologiques. Tu estimes que je développe un goût très aigu pour la vie de famille, que j'aurais pu tout autant rendre visite à ma vieille tante à Odessa[1], pour ne te citer qu'en partie. Qu'est-ce que tu espères ? T'attendais-tu à ce que je me jette sur ma victime comme un cannibale affamé, un rival haineux ou un mari trompé ? Nous étions d'accord sur ce point : nous tenions à procéder différemment que ces brutes fanatiques qui se livrent à des attentats plutôt pour se débarrasser de leur propre vie, semble-t-il, que de celle de l'ennemi. Nous étions résolus à atteindre notre but sans mettre en jeu notre existence, notre liberté, ni même, autant que faire se peut, notre réputation ; car nous devons aller plus loin et nous savons qu'il est difficile de nous remplacer. Si le temps pressait, j'aurais agi autrement ; or le procès des étudiants ne commence que début août et le congé du gouverneur se prolonge jusqu'à cette date. Par conséquent, il me reste encore trois mois, amputés de la seule moitié de ce mois courant. Je cherche à m'orienter, je lie connaissance avec les gens, je découvre les environs, et j'attends une occasion. Naturellement, s'il n'était question que d'assassiner le gouverneur, ce serait chose faite depuis longtemps. J'ai souvent été en sa seule compagnie, aussi bien dans la maison que dans le jardin ou en forêt. Cependant je n'aurais pas agi de manière correcte. Alors que je suis certes apprécié, presque aimé, mais demeure toutefois un étranger, peut-être me soup-

1. Port d'Ukraine, au bord de la mer Noire.

çonnerait-on encore. D'ici quelques semaines cela ne sera plus possible : je ferai partie de la famille. Récemment, je t'écrivais que je m'étais trouvé quelques minutes auprès de lui pendant qu'il dormait. J'observai la partie de son visage tournée vers moi : les larges sourcils noirs – un signe de forte vitalité –, le nez à la courbe sévère[1] ; chaque ligne était emplie de feu[2] et de noblesse. La passion, tempérée de sentiments élevés, semble être l'un des principes de son caractère. Quel être prodigieux ! Combien préférerais-je confier mes pensées et mes opinions à cette tête plutôt que de la détruire d'une balle, remarquai-je, en la considérant. Tu ne dois pas perdre de vue non plus qu'en réussissant à influer sur ses décisions j'évite l'assassinat. Je dois pourtant avouer que cette éventualité m'a l'air bien mince : pour des broutilles[3] il est malléable[4] comme de la cire, et dur comme du fer pour ce qui est d'importance. Quand il a une intension précise, ni la crainte ni l'affection ne le font changer d'avis. Tel est du moins mon sentiment jusqu'à maintenant.

Le fils est différent. Il est si indolent[5] qu'il m'est reconnaissant de trancher à sa place ; il suffit de montrer du doigté[6]. Son absence de préjugés porte à l'étonnement. La tradition paraît n'avoir aucune influence sur lui. Nul lien ne semble le rattacher au passé, à sa famille, à sa patrie. Il m'évoque un vieux conte dans lequel un enfant orphelin prétend être le fils du soleil ; sa peau brun doré y fait aussi songer. Lors de nos discussions je lui livre presque le fond de ma pensée. Il est si candide que le fait que j'aie pris une place chez son père, malgré mes idées, ne le choque pas. Manifestement il trouve parfaitement normal qu'un

1. Prononcée, brusque.
2. D'énergie.
3. Riens.
4. Influençable.
5. Nonchalant.
6. Finesse.

homme raisonnable pense comme moi et, accessoirement, accepte tout rôle profitable à son avancement et accordé à son goût. Je l'aime bien et suis heureux de ne pas avoir à lui faire de mal. Katja a les mêmes opinions que son frère, en partie peut-être par affection envers lui. Elle est très vive et intelligente pour une jeune fille ; mais qu'elle parle de la manière la plus sensée qu'il lui chante, elle n'en demeure pas moins un charmant petit oiseau qui gazouille, assis sur une branche. C'est ce qui est tellement attirant en elle.

Konstantin, ne m'accable plus de reproches. S'il était nécessaire, je m'en chargerais moi-même ; personne d'autre n'en a donc le droit.

Lju.

JESSIKA À TATJANA

Kremskoje, 15 mai

Chère Tante,

Me voici l'invitée de mon adorable Tante ! Je dépose un baiser reconnaissant sur ta jolie main. Peut-être viendrai-je aussi, juste quand tu ne t'y attendras pas. Ne sais-tu pas, très chère Tante, que j'ai ici des devoirs ? Il m'est impossible de m'éloigner ainsi. Nous avons une maison à tenir, et même les meilleurs domestiques ont besoin d'être inspirés par un esprit supérieur. Je plains la cuisinière qu'on n'aiderait pas à satisfaire nos quintuples bizarreries[1]. Papa raffole des tomates farcies, mais n'aime pas les tomates en sauce, ce que Maman apprécie particulièrement ; alors que Welja nourrit une passion pour les tomates en salade, Katja ne les mange que crues et entières. Katja déteste le riz au sucre, Papa le riz au poivre, et moi le riz au lait. Aucun d'entre nous ne consomme de chou, cependant nous voulons des légumes verts tous les jours ; et je pourrais continuer de la sorte sur plusieurs pages. Nulle cuisinière ne garde tout cela en tête et la nôtre ne sait pas lire. Si je partais, c'est Maman qui devrait y penser – car il ne viendrait pas à l'idée de Katja de s'en occuper – et j'en serais fort peinée. Elle gambade de-ci, de-là, la journée entière : elle est heureuse d'avoir son mari pour elle et de le savoir en sécurité ; ce n'est vraiment pas le moment de lui imposer ces stupides tâches quotidiennes. Vous me croyez tous une petite personne insignifiante ! Toutefois, ils ne seraient pas longs à s'apercevoir de mon importance, s'ils ne trouvaient pas devant eux leur tasse de thé ou de café avec l'exacte quantité de sucre, de lait ou de citron qu'ils désirent ou bien sur leur assiette les quartiers d'orange aussi finement pelés et épépinés que

1. Les préférences culinaires des cinq membres de la famille.

d'habitude ; de même si je n'étais pas là pour retrouver opportunément les stylos, ciseaux et parapluies qu'ils perdent ou déposent n'importe où. Oui, voilà à quoi je sers ! Viens donc ici te rendre compte par toi-même combien je suis indispensable.

Ma foi, si tu trouves que je mérite un dédommagement et une récompense, envoie-moi de la batiste lilas[1] pour une blouse, ainsi que des dentelles et des galons assortis. Je n'ai rien d'assez léger à mettre par cette chaleur. Peux-tu s'il te plaît, très bienveillante Tante, les choisir toi-même ? Ton goût est irremplaçable !

Ta Jessika reconnaissante.

1. Tissu de lin de couleur mauve pâle.

WELJA À PETER

Kremskoje, 17 mai

Cher Peter,

Je ne me suis pas trompé, Lju est définitivement un révolutionnaire ; seulement s'y adjoint une autre dimension qui élève son point de vue très haut au-dessus de la moyenne. Comment t'expliquer cela, mégalithique ami[1] ? Il pense et se situe à la fois au-dessus de ce qu'il pense. Il ne considère pas comme un absolu ce en quoi il croit et espère. C'est pourquoi on ne peut pas le réduire à un parti, car il voit au-delà des partis. Vis-à-vis des générations passées, argumente-t-il, les nouvelles ont raison bien que, en soi, elles se trompent presque encore plus que les anciennes. Voilà naturellement qui dépasse ton entendement[2] : l'auto-ironie[3] n'est pas ton fort, ni en concept[4], ni en qualité. Vous n'avez pas idée du comique de votre situation quand vous vous échauffez[5] à propos de la décadence[6] de la vieille culture, alors que vous n'avez, en réalité, pas la moindre intuition de ce que fondamentalement la culture signifie. Ça ne fait rien, ne hurle pas, vieux saurien, je suis entièrement des vôtres. L'attitude de mon père est savoureuse[7]. Il considère Lju comme quelqu'un de très agréable, d'intelligent et de bonne compagnie ; sa perspicacité[8] s'arrête là. Il est incapable d'imaginer qu'un homme habillé décemment, qui se comporte poliment à son égard et

1. Préhistorique ami.
2. Faculté de compréhension.
3. Fait de se moquer de soi-même.
4. Idée.
5. Mettez en colère.
6. Déclin.
7. Plaisante.
8. Finesse d'esprit.

ne le contredit jamais, puisse évoluer à l'extérieur de son propre système. Maman n'est pas autant limitée – comment puis-je nommer cela ? – à sa petite personne. Du moins perçoit-elle clairement qu'elle est loin d'avoir saisi la totalité de la personnalité de Lju ; elle est désorientée par ce qu'elle ressent, quand bien même lui est-il impossible de le préciser. Elle lui disait récemment que la fonction qu'il occupe chez nous n'était adaptée ni à ses capacités et connaissances ni à sa faculté de travail, aussi peu que sa rétribution[1]. Il n'aurait jamais dû l'accepter. Il avait espéré, répondit-il, qu'en tant que secrétaire particulier, il lui resterait suffisamment de temps libre pour achever un ouvrage philosophique qui constitue son prochain objectif de recherche. À ces mots, Maman rougit violemment. Il devait certainement être déçu, ajouta-t-elle, puisque chez nous on le sollicitait en permanence. Je crois que Lju a déjà complètement oublié qu'il est ici pour arrêter des meurtriers et intercepter des bombes, tandis que Maman pense qu'il s'épuise à cette tâche difficile à circonscrire[2]. Depuis lors, elle l'invite souvent à se retirer dans sa chambre pour travailler et trouve Papa très exigeant lorsqu'il veut lui dicter une lettre hors du temps qui lui est dévolu[3] ; qu'il se procure une machine à écrire ! déclare-t-elle. On ne peut pas dire que Maman exploite les gens.

Nous nous employons actuellement à faire acheter une automobile à Papa ; il n'est plus loin d'accepter. À table, nous ne cessons de parler des dernières courses de voitures et débattons du plus économique, de l'essence ou de l'électricité. Lju s'est demandé si nous ne préférerions pas plutôt patienter pour nous procurer directement un aéronef dirigeable[4]. Papa était enthousiasmé par cette idée et quand il en évalua le

1. Salaire.
2. Mener à bien.
3. Consacré.
4. Ballon dirigeable.

coût, l'automobile lui parut d'une banalité très bourgeoise. Lju n'est pas du tout musicien. Il affirme que la musique est un art primitif, du moins celle que l'on connaît pour le moment. Peut-être est-ce un art susceptible d'évoluer ; l'œuvre de Richard Wagner pourrait être d'ailleurs les prémices[1] de cette évolution. Notre famille a un sens musical primitif. Je crois qu'il est dans le vrai, surtout en ce qui concerne Papa, qui joue du piano comme, dans le même ordre d'idées, la forêt bruit[2] et le vent siffle. Il est possédé par son jeu. Mais la possession n'est pas un critère de culture. Lju, cependant, a un grand faible pour ce qui est primitif. Il trouve que la voix de Jessika s'élève telle l'aube, des profondeurs de l'est dans le crépuscule blafard[3]. Elle est également délicate à mon oreille, elle me fait l'effet d'un son de harpe ; sinon peu m'importe le lyrique, la musique ne commence réellement qu'avec la symphonie. Toutefois, ne va pas t'imaginer que tu es un génie parce que tu n'as aucun don pour la musique ; chez toi, c'est une lacune.

Welja.

1. Débuts.
2. Murmure.
3. Ici, la lumière du matin (car il existe deux crépuscules !) qui annonce le lever du jour.

KATJA À TATJANA

Kremskoje, 17 mai

Chère Tante,

Jessika a oublié de te prier de nous procurer la partition de *Tristan et Isolde*[1]. Papa est contre, il affirme qu'il est possible d'emprunter des partitions ! Est-ce vrai seulement ? Ah, laisse donc cela, il n'est pas très convenable de détenir des livres de bibliothèque de prêt ; et en quoi des partitions diffèrent-elles des livres ? En fait, Papa est fâché que nous voulions nous intéresser de plus près à Wagner. Il a des préjugés, tout simplement. Il n'a nullement l'intention de connaître sa musique, mais il est bien décidé à la trouver atroce. Ah, si Wagner avait vécu il y a quelques centaines d'années, s'il avait écrit de la musique sacrée comme Palestrina[2], alors là, oui – cela paraît stupide, j'en suis consciente. Tant pis, ce qui est écrit est écrit ; et tu sais ce que je veux dire. Il est certain que les *Lieder*[3] *à la Bien-aimée lointaine* de Beethoven sont beaux, ceux que Papa chante tout le temps, cependant ils ne correspondent pas à notre époque ni n'expriment notre vie à nous. Quoi qu'il en soit, tante Tatjana, tu nous envoies *Tristan et Isolde*, n'est-ce pas ? Très vite, s'il te plaît, Peter peut s'en occuper.

Ta Katja.

---

1. Tristan et Iseult, œuvre littéraire (de Béroul, entre autres) du Moyen Âge qui a fait l'objet d'une adaptation pour l'opéra par Richard Wagner.
2. Compositeur italien (1525-1594).
3. Pluriel de Lied, mot allemand désignant un poème chanté.

LJU À KONSTANTIN

Kremskoje, 20 mai

Cher Konstantin,

Ta lettre m'a poussé à commettre une imprudence ; mais bien médiocre serait le général qui ne saurait rétablir un mauvais coup, et, qui sait ? le mettre à profit. La rumeur dit que le procès des étudiants va avoir lieu ces prochains jours, et qu'en conséquence le gouverneur rentrera bientôt à Pétersbourg. Elle ne doit pas être fondée car il serait le premier à le savoir, et moi aussi par la même occasion. Hier, malgré tout, j'examinais cette éventualité et me préparais à une action soudaine et rapide, si nécessaire. De jour, je n'en aurais guère la possibilité et bénéficierais encore moins de conditions qui me seraient favorables. La nuit, je pourrais les endormir à l'éther[1], sa femme et lui – ils partagent en effet la même chambre –, le tuer d'un coup de poignard au cœur et me recoucher sans être vu. Rien de particulier n'attirerait le soupçon sur moi. De jour en revanche, il ne serait pas possible de s'approcher du gouverneur sans que quelqu'un, moi notamment, ne le remarque. Le jour, d'innombrables obstacles imprévisibles risqueraient de s'interposer ; la nuit, les circonstances seraient claires et précises. La réalisation de ce plan dépendrait essentiellement de la légèreté du sommeil du gouverneur et de sa femme ; je décidai de m'en assurer immédiatement. Je jetai un manteau sur mes épaules et me glissai en direction de leur chambre à coucher. Elle est séparée de la mienne par une petite pièce, ayant un cabinet de toilette et un vestiaire attenants[2]. À peine y avais-je mis un pied que j'aperçus Madame von Rasimkara se précipiter sur moi. Je

1. Liquide médical qui servait pour anesthésier les patients.
2. Contigus.

dois t'avouer qu'en cet instant, j'en aurais presque perdu connaissance : voir là, devant moi, cette femme si étrange, si belle, si différente de ce qu'elle est d'habitude ! J'en eus le souffle coupé. On lisait l'effroi sur son visage, ainsi que la plus forte détermination ; puis, dès qu'elle me reconnut, cette expression fit place au soulagement, à l'étonnement, voire à l'intuition du comique de la situation. Oui, l'espace d'une seconde, une seule pensée, un seul sentiment m'habitèrent : comme cette femme est séduisante ! Elle m'entraîna vivement dans l'antichambre[1]. Je l'avais beaucoup effrayée, chuchota-t-elle, elle m'avait pris pour un meurtrier. Qu'était-il arrivé ? De quoi avais-je besoin ? Étais-je somnambule ? Qu'elle se tranquillise, lui répondis-je, il ne s'était rien passé. Je m'étais réveillé, j'avais cru entendre un bruit et avais voulu me persuader que tout était en ordre chez eux. J'avais déjà procédé très souvent à ces vérifications car je les considérais comme partie intégrante des responsabilités qui m'incombaient[2]. Jusqu'alors cependant, elle ne l'avait pas remarqué. Il serait peut-être préférable de ne rien dire de l'incident à son mari, ajoutai-je. Bien sûr que non, répliqua-t-elle, elle était heureuse qu'il n'ait pas été dérangé ; puis elle me serra la main, me fit un signe de tête amical et retourna dans sa chambre.

Ce fut un moment très dangereux. Je ne me rendormis qu'au petit matin. Quand elle se tenait, souriante, debout devant moi, je songeais à la fois qu'elle était séduisante et qu'elle allait mourir. Je le pensais si fort que mes yeux lançaient ce cri : « Je suis ton meurtrier car je vais le tuer. Tu seras toujours à ses côtés, tu te jetteras devant lui, tu feras rempart de ton corps : tu tomberas avec lui. » Le singulier[3] sourire qu'elle me renvoyait semblait dire : « Je te comprends, c'est mon destin et je l'accepte. »

---

1. Vestibule, voire couloir.
2. Me revenaient.
3. Particulier.

D'une certaine manière ma tentative malheureuse m'a été profitable. Je sais à présent que le gouverneur a le sommeil lourd et profond. Quant à elle je lui ai laissé entendre que, pour protéger son mari, je franchissais parfois le seuil de leur chambre à coucher. Me verrait-elle entrer et me pencher sur elle que, jusqu'au dernier moment, elle ne nourrirait aucun soupçon, me fixerait seulement de ses grands yeux écarquillés et interrogateurs. D'un autre côté, j'ai découvert que cette façon de procéder me répugne. Je n'y recourrais qu'en cas d'extrême nécessité. Je vais bien trouver un autre moyen qui me conviendra mieux.

En tout cas, sois sans inquiétude, mon intervention a peut-être été irréfléchie, mais j'ai étouffé dans l'œuf[1] les fâcheuses suites qui auraient pu découler de mon acte.

Lju.

1. Que j'ai empêché de se développer.

WELJA À PETER

Kremskoje, 20 mai

Cher Peter,

Aujourd'hui j'ai le sentiment d'être dans une maison de fous. Maman a soi-disant entendu des pas cette nuit ; en réalité, il n'y avait absolument rien. Bien que l'incident se soit révélé être le fruit de son imagination, elle a les yeux gonflés d'avoir pleuré et elle sursaute au moindre bruit. Papa a des accès de fureur que nous devons mettre sur le compte de sa nervosité et respecter comme tels. À l'instant, il a sonné pour appeler Mariuschka parce qu'elle avait laissé brûler la lampe électrique dans la garde-robe. Il a fait un tel grabuge[1] que je l'ai entendu depuis le jardin. Il s'est presque conduit comme si cette petite lueur électrique allait mener toute notre famille à sa perte. Il s'avéra par la suite que c'est lui-même qui l'avait allumée et avait oublié de l'éteindre. Katja à son tour se mit alors à vociférer[2] : l'attitude de Papa était révoltante. À cause de lui, la maisonnée entière était en pleurs. S'il se comportait ainsi, les domestiques n'éprouveraient pas le moindre respect à son égard. Et dans l'entrefaite[3], elle me prit à témoin : n'était-ce pas aussi mon avis ? « Père, que ta volonté soit faite », répondis-je. Elle fit volte-face et je me retrouvai la cible de son indignation – ce qui nous fit bien rire. Papa constata qu'il n'avait plus qu'à s'excuser auprès de Mariuschka, puisqu'il avait été injuste envers elle, et se rendit à l'office[4] dans ce but. Nous l'aurions volontiers accompagné pour assister à la scène, cependant Maman jugea cela déplacé et nous l'interdit. Je trouve que, du début à la fin, cette histoire est comique avant tout et je ne comprends pas pourquoi Katja est en colère.

---

1. Vacarme.
2. Crier.
3. Pendant ce temps-là.
4. La cuisine.

KATJA À PETER

Bien sûr que je suis en colère ! Welja, lui, est trop paresseux pour prendre quoi que ce soit au sérieux. C'est pourtant révoltant qu'un homme comme Papa, qui n'a aucune maîtrise sur lui-même, ferme l'université parce que les étudiants défendent leurs droits. C'est révoltant qu'un homme ait un tel pouvoir ; ce seul point condamne notre situation. Vois s'il se trouve des professeurs pour nous donner des cours particuliers, à nous et à tous ceux qui voudraient y participer. Ils auraient lieu chez toi. Voilà, ma foi, quelque chose qu'on ne peut interdire. Il ne faut pas se laisser faire. Il m'est parfaitement égal de finir mes études quelques années plus tôt ou plus tard, à condition d'être la seule à en décider. Et si ce n'est pas possible, alors je veux partir, à l'étranger. Je ne supporte pas de vivre en Russie. Je n'ai absolument rien de Welja ; il est trop apathique[1]. Quoi que je dise, quoi que je propose, il demeure indifférent. Évidemment quand on doit, on doit ; cependant tentons toujours de voir s'il ne serait pas susceptible d'en être autrement.

Katja.

1. Nonchalant.

LUSINJA À TATJANA

24 mai

Ah ! chérie,

Les enfants t'ont écrit que nous étions à nouveau fort nerveux ? Si tu gardes le secret, je vais te dire ce qui m'a mise dans cet état. Tu sais que je suis peureuse et craintive, et que j'ai malheureusement un très sérieux motif de l'être. Avec ou sans motif, je le serais de toute façon, je l'avoue, mais la réalité de celui-ci n'en est nullement entamée. Bref, récemment je m'éveillai la nuit et vis un homme, debout sur le seuil de notre chambre à coucher. Je crus naturellement qu'il voulait tuer Jegor et me précipitai sur lui, tête baissée, pour protéger mon mari – comment ? je n'eus pas le temps d'y réfléchir. Ce ne fut que l'affaire d'un instant : je reconnus Lju. Oui, c'était Lju. La disparition soudaine de la peur et de l'effroi me délivra d'un tel poids que j'en ris presque ; je l'aurais serré dans mes bras. Cependant quand je me recouchai, apparurent les suites de cette violente excitation nerveuse. Je ne pus retenir mes larmes et fus bientôt incapable de cesser de pleurer. Un malaise m'envahit, plus pénible encore que la terreur éprouvée auparavant. Je trouvais très angoissant que Lju marche en dormant. Je n'arrive pas à comprendre l'incident autrement que par son somnambulisme. Quant à lui, il m'a fourni une explication différente ; il considère comme faisant partie de son devoir de venir se persuader de temps en temps que tout est en ordre chez nous et il serait souvent entré dans notre chambre à coucher, notamment quand il aurait cru entendre un bruit. Ses arguments semblent parfaitement plausibles et tu vas sans doute m'objecter qu'il est rassurant de savoir qu'il nous protège aussi fidèlement. Auparavant, je serais parvenue à une semblable conclusion ; je vois maintenant que la représentation que l'on a d'un fait est bien éloignée du fait lui-même. Je ne suis absolument pas rassurée, au contraire, il m'est au plus haut point angoissant qu'un homme puisse soudain se tenir au milieu de notre chambre, la nuit, qu'il soit somnambule ou pour n'importe quelle autre raison. Je ne dors plus : soudain il est là, me dis-je, et me regarde de ces étranges yeux gris qui semblent transpercer les êtres. Viens-je à m'assoupir, je me réveille en sursaut, effrayée. L'idée qu'il réussisse à passer par la fenêtre ouverte m'a traversé l'esprit ; tu sais que les somnambules se promènent n'importe où, sur l'arête d'un toit par exemple. Je frémis rien qu'à y songer, que veux-tu ! J'aimerais fermer la fenêtre, cependant Jegor refuse ; il affirme que c'est stupide et qu'il me faut réprimer pareilles obsessions maladives. Les serpents sont capables de ramper le long de la paroi lisse d'un mur, mais pas les somnambules. Qu'en penses-tu ? J'ai lu un jour que, dans leur cas, la loi de la pesanteur était abolie. Dieu seul le sait ! Malheureusement, j'ai mis au courant Jegor qui n'avait pas été réveillé et n'avait rien entendu. Il est bon ; toutefois mon anxiété abuse quelque peu de sa patience car il ne partage pas les craintes qui m'assaillent. Et puis, il est vrai que les circonstances aussi le rendent nerveux. Par mesure de précaution, une certaine prudence s'impose qui va complètement à l'encontre[1] de son caractère.

Les enfants ignorent l'incident : je ne veux pas que l'on en parle à table. Il me semble, en outre, que c'est faire preuve de délicatesse vis-à-vis de Lju, envers qui nous sommes tant redevables ; s'il s'ébruitait qu'il est somnambule, cette rumeur lui nuirait en société. Et personne ne doit apprendre non plus qu'il pénètre dans notre chambre la nuit pour veiller sur nous.

Katja, mon enfant dorée, est un incorrigible diablotin. Elle peste à

---

1. À l'opposée.

la moindre occasion contre la fermeture de l'université bien qu'elle sache qu'il ne faut pas évoquer la politique, ni les affaires en ce moment : cela énerve Jegor. Je me demande si Peter parviendra un jour à bout de son tempérament. Qu'il s'en sente capable révèle de la force de caractère. Il n'a rien de toi, très chère ; il tient entièrement de ton mari qui s'y entendait pour impressionner son monde, toi y compris, n'est-ce pas ? Ah, ma petite fille est encore trop enfant pour que quoi que ce soit l'impressionne. Je voudrais qu'il parvienne à gagner son cœur, ne serait-ce que pour que tu deviennes sa belle-mère. Mais ton fils aussi, solidement enraciné et robuste comme il est, lui serait bénéfique. Jessika s'épanouit, l'air de la campagne lui profite, elle est notre déesse Hébé[1] aux joues rosées. Le petit intermède nocturne ne me dérangera pas longtemps, je l'espère. Je te salue et t'embrasse.

Ta Lusinja.

1. Déesse grecque de la jeunesse.

JESSIKA À TATJANA

Kremskoje, 25 mai

Très chère Tante,

Heureusement que je suis restée ici. Maman traverse justement une période où elle s'occupe exclusivement de son Jegor, notre père. Et il faut cependant qu'un esprit plane sur notre foyer. L'automobile arrive dans quelques jours, tu imagines, Tante ? Au dernier moment Maman suggéra que nous n'en ayons pas, à cause du danger. Cela donna précisément à l'affaire le dernier coup de pouce nécessaire pour amener Papa à se décider. Il déclara alors qu'il n'était pas question de ménager les craintes de Maman ; il était temps qu'elle fasse enfin son éducation, sinon elle finirait par être irrécupérable. Papa ne veut pas de chauffeur, ce qui élèverait le coût de l'histoire, et puis il n'aimerait pas prendre un étranger chez lui ; notre Iwan va donc se former à la conduite. « Petit Père réussit déjà à verser[1] dans le fossé avec le cabriolet[2], s'exclama Welja, où va-t-il atterrir avec l'automobile ! » Welja exagère, répondit Papa, Iwan est souvent parfaitement à jeun. « Espérons qu'il le sera précisément lorsque nous désirerons nous promener en voiture », soupira Maman. « Nous ne sortirons que rarement, glissai-je, nos tentatives coïncideront certainement avec les fréquentes périodes de lucidité d'Iwan. » Le visage de Maman s'éclaira à ces mots, mais Katja tempêta : dans ce cas-là, on n'achète pas d'automobile. Elle voulait s'en servir quotidiennement et ainsi de suite. Heureusement, Lju vint à la rescousse. Il était conducteur amateur et souhaitait continuer à pratiquer. Il serait susceptible de remplacer Iwan de temps en temps. « Papa préférerait

1. Ici, tomber.
2. Ici, voiture à cheval.

encore rouler avec Iwan », lui confia Welja par la suite, après que Papa se fut éloigné, « car il croit que les ivrognes sont dans la main de Dieu. » C'est un dicton, tu sais.

Ah, une dernière anecdote à propos de notre Iwan ! Hier midi, Welja raconta lui avoir demandé ce qu'il pensait de Lju – en connaissance de cause, car il avait remarqué qu'il ne pouvait le souffrir. Iwan a tenté d'éluder[1] la question en biaisant[2]. Welja a insisté : Lju est sympathique, juste, serviable, intelligent, habile, ce dont Iwan a convenu. « Il est trop instruit pour moi », a-t-il fini par lâcher. Welja a enchaîné que Papa aussi est instruit ; alors Iwan a plissé les yeux avec malice, secoué la tête et déclaré : « Au-dehors, il en a bien l'air, mais c'est seulement un brave gars comme nous autres. » Nous avons tous beaucoup ri, surtout Lju ; il était vraiment enthousiasmé par la remarque et y décelait la plus grande profondeur de jugement imaginable. Qu'on l'apprécie ou non, voilà bien une opinion dont Lju ne s'enquiert pas. Je trouve cette attitude très noble.

Chère Tante, je chante Tristan, Isolde, Brangane, le roi Marc et divers héros de second rôle. M'imagines-tu ainsi ? Papa n'a lancé qu'un coup d'œil mécontent sur la partition et, naturellement, je ne chante que lorsqu'il est hors de portée de voix.

Ta Jessika.

1. Éviter.
2. Rusant.

LJU À KONSTANTIN

Kremskoje, 27 mai

Cher Konstantin,

D'après toi, je serais en mesure d'arriver à mes fins par le biais de l'automobile. Oui, si l'accident se déroule de telle façon que le gouverneur se rompe le cou et moi le poignet ! Sais-tu comment procéder ? Cette possibilité m'a bien sûr traversé l'esprit dès qu'il fut question de la voiture et, en l'occurrence, j'en ai recommandé l'acquisition ; je me suis également proposé de faire le chauffeur à l'occasion, ce qui fut accepté avec empressement. Hormis la difficulté déjà évoquée, je vais devoir perdre beaucoup de temps à m'exercer, vraisemblablement sans succès, et à coup sûr sans aucun plaisir. Je ne suis pas un sportif. Je n'aime guère que de telles choses accaparent autant ma liberté et mon attention. Je me serais probablement intéressé à la navigation aérienne, mais il s'agit là d'un travail, d'une activité aux multiples finalités scientifiques de diverses importances, et non d'un sport. Je vais toutefois m'occuper un peu de l'automobile, il est fort possible que j'aie à l'utiliser pour fuir précipitamment.

J'ai eu une autre idée, à mon sens très profitable. Autant que faire se peut, je n'aimerais pas être personnellement impliqué dans l'acte ; il faut donc qu'une machine joue mon rôle. J'ai songé qu'une machine à écrire conviendrait. Je t'en dirai plus quand j'aurai mûri[1] mon plan. À ce moment-là, je risquerais d'avoir besoin de ton aide compréhensive pour installer l'engin de manière appropriée, sans que le fabricant se doute de quelque chose.

Madame von Rasimkara a changé depuis la fameuse nuit ; elle est

1. Élaboré.

livide[1], presque effarouchée, dirait-on, et demeure constamment aux côtés du gouverneur. Mon comportement a multiplié ses craintes, semble-t-il, car elle a dû en conclure que je pensais que son mari était en grand danger. Peut-être a-t-elle un sommeil agité depuis lors. Auparavant, mon assurance et ma désinvolture[2] l'avaient apaisée. Elle m'oppose une certaine réserve ou plutôt la trahit-elle involontairement. Le souvenir de notre rencontre nocturne si étrange, si fugitive, et cependant si impressionnante, reste notre secret, et en est sans doute la cause. Il la gêne ou, en tout cas, la touche d'une façon ou d'une autre. Du moins ai-je la certitude qu'elle ne nourrit aucun soupçon envers moi. Au contraire, elle montre plus de bienveillance et de prévenance[3] encore à mon égard. Comme elle est à présent presque toujours auprès de son mari, je me retrouve plus souvent en la compagnie des jeunes gens dont je suis devenu le confident et l'ami le plus cher.

Il ne faut pas que tu t'éloignes de Pétersbourg ces prochains jours car il est possible que ta présence devienne nécessaire à cause de la machine à écrire.

Lju.

1. Pâle.
2. Détachement.
3. Gentillesse.

WELJA À PETER

Kremskoje, 28 mai

Cher Peter,

Aujourd'hui a failli avoir lieu un drame familial auquel je n'ai pas pris part, bien évidemment. Au déjeuner, Katja aborda immédiatement ces histoires de l'université ; si elle pouvait se permettre d'interrompre ses études pour un temps indéterminé – car elle n'avait pas à gagner sa subsistance – pour la plupart cependant, cette coupure était lourde de conséquences. Papa, relativement calme et maître de lui, reconnut en effet qu'il s'agissait là d'un malheur pour beaucoup ; ceux qui, de par leurs manœuvres séditieuses[1], avaient attiré cette catastrophe sur leurs collègues, étaient à condamner d'autant plus sévèrement. Alors Katja explosa ! Comme une chute d'eau artificielle dont on ouvrirait soudain les vannes ! C'était une tactique de despotes[2] iniques[3] que de calomnier leurs victimes et de se décharger sur elles de leurs fautes. Demodow et les autres étaient des martyrs, les exécuter ou les envoyer en Sibérie[4] ne retirerait rien à leur réputation de courage et de dévouement. D'ailleurs, la grande majorité des étudiants partageait leurs idées ; toi aussi, par exemple, tu avais l'intention d'opposer une résistance aux cosaques[5], tu n'avais été retenu sur le chemin de l'Université que par le fait du hasard, sinon Papa pourrait t'envoyer à la mine avec eux. Maman réussit enfin à prendre la parole : Papa s'y résoudrait certainement, s'il en était de son devoir, car elle ne doutait pas un instant que seul le

1. Malhonnêtes.
2. Tyrans.
3. Injustes.
4. La Sibérie – avant et après la révolution russe – était la province où on exilait les opposants au pouvoir politique.
5. Soldats de l'armée impériale opposés à la révolution.

devoir guidait Papa. Dès lors elle ne devait pas critiquer ses actes. « Avec dans le crâne une cervelle de moineau comme la tienne, il procéderait sûrement d'une autre manière », glissai-je. Elle me fusilla du regard. Papa était blême et ses sourcils dessinaient un éclair noir et zébré, terriblement impressionnant. Il n'aurait pas été question de Katja, un orage aurait éclaté, emportant les chaises et la table entière ; il se contint donc un tant soit peu. Et puis, il faut ajouter que la présence de Lju arrête les catastrophes, son calme réfléchi disperse l'électricité accumulée ou alors il possède une telle énergie qu'il la rassemble en lui-même et la neutralise. Il se tint impassible comme Talleyrand et démontra que chacun avait raison, si bien qu'ils se turent et se montrèrent satisfaits. « Il va sans dire que les mesures de fermeture de l'université comportent des injustices, expliqua-t-il, tout en étant cependant complètement légitimes à l'intérieur du système auquel elles appartiennent. » Il n'approuve pas le moins du monde ce système, il pense qu'il est périmé ; néanmoins on doit respecter ses lois aussi longtemps qu'il régit le pays. Papa considéra Lju, intéressé et légèrement surpris, et lui demanda comment il fallait entendre sa désapprobation vis-à-vis du gouvernement. « Aucun régime n'est irréprochable, reprit Lju, car la nature humaine est imparfaite. Il vaut mieux agir en son sein et que chacun fasse son office[1] plutôt que de dévoiler les défauts de la machine. Sans ce principe fondateur, selon lequel chaque individu doit remplir ses obligations, aucune structure sociale ne saurait se maintenir. » Il pense que le gouvernement commet une erreur en instaurant des lois et des décrets plutôt que d'éduquer le sens du devoir civique. Ce qui se justifiait dans une société primitive ne vaut plus à présent que le peuple a cessé d'être un troupeau informe et qu'il se compose d'individus. Aucun amateur d'art ne peut s'empê-

1. Ici, travail.

cher d'admirer la peinture byzantine[1] et ses figures hiératiques[2] ; peut-être espère-t-il que les artistes y reviennent un jour, sous une forme détournée ; cependant, il ne peut raisonnablement croire à la possibilité d'inverser l'évolution. Il s'adressa à Papa en termes si aimables et si courtois, presque chaleureux, que celui-ci s'anima et approuva avec enthousiasme la totalité du discours de Lju. À mon sens, il a le sentiment d'être exactement du même avis que lui.

À table, les choses se rétablirent tant bien que mal ; toutefois, par la suite, Katja vida contre Lju le fond de sa colère. Il s'était conduit de manière méprisable, il aurait dû se tenir à ses côtés car il pensait comme elle. Ce qu'il avait raconté était certainement bien beau, elle n'avait pas compris et ne voulait pas comprendre, ce n'était qu'une sauce pour faire passer ses véritables opinions. De moi elle n'attendait rien hormis de la fausseté et de la lâcheté, mais lui, elle le croyait plus fier. Elle était tellement mignonne, pareille à un petit oiseau qui s'excite et hérisse les plumes de sa houppe[3], donne des coups de bec alentour et pépie[4] d'un ton suraigu. Visiblement Lju aussi la trouva charmante car il acquiesçait avec beaucoup de bienveillance à son babillage[5]. Je partis dans l'entrefaite : ma beauté villageoise m'attendait.

J'ai rapporté à Papa un choix des meilleures sucreries que vend le Turc. Il les déclara excellentes ; il avait aussitôt deviné que j'avais une raison particulière de toujours courir au village. Il en mangea d'ailleurs plus que moi et ne fut pas le moins du monde malade ; c'est vraiment une force de la nature, je suis un décadent par rapport à lui. Quoi qu'il

1. Qui vient de Byzance, ancien nom d'Istanbul.
2. Sacrées.
3. Touffe de cheveux.
4. Bavarde.
5. Bavardage.

en soit, il ne peut être comparé à Lju ; il est semblable à un beau poignard, au manche ouvragé et au fourreau décoré de pierres précieuses de toutes les couleurs, tels ceux qui sont parfois exposés dans les musées. Lju est l'arc d'Apollon dont les flèches ne manquent jamais leur cible : simple, sans ornement, mince, élastique, beau de par la parfaite adéquation[1] à sa fonction, une divine image de force, de justesse de tir et d'absence de scrupules. Ah, Seigneur, il est vrai que j'écris à un Silurien[2] paresseux et non à un Grec raffiné. Ne te tourmente pas à pénétrer le sens de mes images poétiques et ne triomphe pas si elles viennent à boiter. Un Achille[3] boiteux parvient toujours plus tôt au but qu'un brontosaure[4] immobilisé dans le sable.

Welja.

1. Accord.
2. Période de la préhistoire.
3. Héros grec de *L'Iliade* d'Homère.
4. Espèce de dinosaure.

KATJA À PETER

Kremskoje, 30 mai

Cher Peter,

Nous ne sommes pas fiancés, je t'ai même affirmé un jour que je ne serai jamais ta femme ; mais je sais bien que tu penses encore le contraire, c'est pourquoi je veux te confier un secret. Je viens de rencontrer l'homme que j'épouserai, si tant est que je me marie. Le seul qu'il me soit possible d'aimer. Ne me demande pas qui il est, ne pose pas de questions. Je n'aurais pas dû avoir à te le dire. Je ne t'en parle que parce que je t'aime bien et te tiens pour mon ami. Depuis notre enfance tu m'as considérée comme ta future épouse. À vrai dire, je n'y peux rien. Garde cela pour toi.

Katja.

LUSINJA À TANJANA

Kremskoje, 2 juin

Ma chère Tatjana,

Sur notre si bel été glisse une petite ombre, venue on ne sait d'où. De par son extrême beauté justement, peut-être doit-il porter la marque de sa nature terrestre. À présent je m'inquiète surtout à propos de Jessika ; je n'ai plus d'excuses pour me dissimuler qu'elle est amoureuse de Lju. Sans qu'elle le sache, son être entier est tendu vers lui ; elle est une sorte de cadran solaire sur lequel on peut toujours lire où se trouve son astre. Il a quelque chose de solaire, lui aussi ; on dirait qu'émane[1] de sa personne une puissance génératrice de vie, capable le cas échéant de détruire la vie elle-même. Il exerce une influence salutaire sur Katja et Welja ; il les pousse à penser et accroît leur activité intellectuelle ; pour ma petite Jessika, je crains que ses rayons ne soient trop brûlants. Elle a besoin de chaleur, cependant il ne faut pas qu'elle se tienne au milieu du foyer. Il me semble parfois qu'elle n'est pas la seule à éprouver un penchant[2], mais qu'il ressent également une légère attirance envers elle. Est-ce qu'il l'aime ? Mon âme exulte[3] de concert[4] avec ma petite fille quand je crois le remarquer, car une mère perçoit chacune des peines et des joies de son enfant. Serait-ce seulement souhaitable ? Serait-ce un bonheur pour Jessika ? Les opinions de Lju et – plus important encore – toute sa conception de l'existence divergent beaucoup de celles de Jegor et des miennes, j'en suis consciente. De par son éducation et ses habitudes il se trouve plus éloigné des enfants qu'ils ne l'ima-

1. Que se dégage.
2. Attirance.
3. Se réjouit.
4. En accord.

ginent. Il a peut-être raison par rapport à nous, est-ce toutefois la garantie d'une vie commune durable ? Et que dirait Jegor ? Il n'a rien contre Lju, il est dépourvu de préjugés ordinaires ; néanmoins il aimerait marier nos filles à des hommes dont la manière de vivre lui soit familière, avec lesquels on forme une famille, tous ensemble. Et puis, très chère, il est somnambule ! Voilà presque le plus effrayant pour moi. Ah ! Seigneur, aussi déraisonnable cela soit-il, je me prends à souhaiter que Lju ne soit jamais venu chez nous ou qu'il nous quitte.

Dans l'après-midi.

Lju est un être étrange et inquiétant ! Il a des yeux qui lisent dans les cœurs. Je venais juste d'écrire cette phrase qu'il arriva pour me dire qu'il se sentait parfaitement bien chez nous et qu'il pensait que nous l'appréciions ; pourtant il avait l'impression d'être de trop et trouvait plus correct de s'en aller. Il s'exprima avec une telle confiance, si simplement, presque naïvement. J'étais fort touchée. Mes craintes concernant la vie de mon époux s'étaient calmées petit à petit, il est vrai ; cependant, il avait fonction de secrétaire. Actuellement le gouverneur était incapable d'écrire de sa propre main – il souffre encore de la crampe de l'écrivain –, il ne s'habituerait qu'à contrecœur à une autre personne et n'en trouverait sûrement aucune ayant sa formation et ses connaissances – celles de Lju s'entend. Il y avait déjà réfléchi, reprit-il. Le plus simple pour mon mari serait de s'habituer à une machine à écrire. Alors il ne dépendrait de quiconque : il entretient certaines correspondances qui doivent, autant que possible, rester secrètes. J'approuvai fortement cette idée – en vérité, je la trouvai extrêmement judicieuse. Jegor avait bien la possibilité de se procurer une machine à écrire ; en revanche, il mettrait un bon moment à apprendre à s'en servir, à supposer qu'il le veuille. De toute façon, on ne remplacerait pas complètement Lju de cette manière. Il en était autrement, bien sûr, s'il désirait partir pour une quelconque autre raison personnelle. S'il ne tenait qu'à être heureux dans l'existence, dit-il, de tout son être il ne viserait qu'un seul but : demeurer toujours en notre compagnie. Il avait appris à connaître une sorte de bonheur chez nous qu'il n'aurait jamais imaginé auparavant ; il avait reçu des impressions ineffables[1]. Quoi qu'il en soit, il considérait que l'homme – lui, du moins – a pour vocation d'être actif, d'exercer une fonction, de travailler à l'élaboration de desseins[2] élevés. Il était pareil à un cheval qui, sa mangeoire serait-elle encore pleine d'avoine, doit suivre la trompette qui invite au combat ; il pensait avoir perçu au loin son appel. « Avez-vous des projets précis ? demandai-je. Voulez-vous nous quitter immédiatement ? » Non, il ne l'entendait pas ainsi. Il avait simplement souhaité que je confirme qu'il était inutile ici, et j'avais eu la franchise de le lui accorder. Il allait maintenant réfléchir à sa prochaine destination. Entre-temps, mon mari pouvait faire venir une machine à écrire et tenter d'y prendre goût. Vois-tu, Tatjana, je suis maintenant attristée qu'on en soit arrivé là. Ma petite Jessika ! Sais-tu ce que je crois ? C'est à cause de Jessika qu'il a décidé de s'en aller. Il doit avoir remarqué qu'elle l'aime ; ou il lui est impossible de répondre à son sentiment ou, conscient de sa pauvreté et de son état de dépendance, il ne veut pas demander sa main et considère de son devoir de l'éviter. Voilà qui est noblement agi et particulièrement délicats sont l'art et la manière dont il procède. Il n'a rien insinué, rien compliqué, mais tout aplani[3]. Il ne m'est jamais apparu aussi digne d'affection. J'ai de la peine pour Jessika, et malgré tout je suis soulagée de constater que le

---

1. Inexprimables.
2. Buts.
3. Arrangé.

conflit – à supposer qu'il y en ait eu un – se laisse résoudre. Quelle lettre ! As-tu eu la patience de la lire jusqu'à la fin ?

Ta belle-sœur, Lusinja.

JESSIKA À TATJANA

7 juin

Très aimée Tante,

Tu as été longtemps sans nouvelles de notre part, dis-tu ? Et moi qui ai l'impression de t'avoir écrit hier ! Ces jours d'été courent d'un pied leste et rapide et quand en plus on y attelle une automobile ! Lju nous a emmenés une fois en voiture pour une courte promenade : il n'est pas encore sûr de sa conduite. Notre Iwan en sait encore moins, bien qu'il s'entraîne quelques heures quotidiennement. Papa aimerait prendre le volant lui aussi, or Maman refuse car cela fatigue les nerfs. Elle saurait, de source très sérieuse, que les deux tiers des chauffeurs finissent fous ou se suicident par suite de désordres nerveux. Papa tenta d'attaquer ses arguments, alors nous criâmes en chœur qu'il se devait à l'État et à sa famille ; et il a cédé, provisoirement. À présent il pratique un autre sport : la machine à écrire.

Hier soir après le repas, nous étions dans la véranda. La campagne était belle, comme nulle part ailleurs ; au-dessus de nous, dans le noir du ciel, brillaient les étoiles luisantes et tout autour, dans l'obscurité de la terre, les bouleaux blêmes. Nous étions silencieux, chacun plongé dans ses propres rêveries, jusqu'à ce que Maman demande à Lju, l'omniscient[1] Lju, de nous dire quels étaient les serpents de la région. Il énuméra aussitôt une liste de noms latins et affirma qu'il s'agissait exclusivement d'aspics et de vipères, des bêtes inoffensives et non venimeuses. Je me demandai si ces noms existaient seulement, quoi qu'il en soit Maman prit tout pour parole d'évangile[2] et elle fut très agréable-

1. Savant.
2. Crut tout sans se poser de questions.

ment soulagée. Papa aurait déclaré récemment que, hormis les serpents, nulle créature ne pourrait se hisser sur la paroi verticale d'une maison et depuis lors elle n'arrivait pas à se débarrasser de cette image d'un corps de serpent, dur, lisse et visqueux[1], rampant le long du mur. La nuit, cela l'empêchait souvent de s'endormir. Welja ne comprenait pas que l'on craigne les reptiles. Il les trouvait beaux, gracieux, chatoyants[2], mystérieux, dangereux et il lui était impossible de tomber amoureux d'une femme dépourvue d'attraits reptiliens. « Espèce de veau », rétorqua Katja. Selon Lju, j'aurais certains points communs avec cet animal : le côté mystique, silencieux et glissant. Puis il commença un conte de Russie méridionale, un conte sinistre, une histoire de serpent. Un magicien aimait la fille d'un roi qui vivait enfermée dans une grande tour. À minuit, il rampait, transformé en serpent, jusqu'en haut du mur et se glissait par la fenêtre de sa chambre. Là, il reprenait alors apparence humaine, la réveillait et restait auprès d'elle jusqu'au matin. Un jour cependant, la fille du roi ne dormait pas et l'attendait ; elle vit alors, au milieu de sa fenêtre, dans le clair de lune blanchâtre, la tête noire d'un serpent, plate et triangulaire sur un corps raide, qui la regardait. Elle eut si peur qu'elle s'évanouit sur son lit, sans un bruit, et mourut. Juste à cet instant, on sonna violemment à la porte du jardin ; on n'utilisait quasiment jamais sa vieille chaîne rouillée et, par conséquent, tout le monde l'avait oubliée. Nous nous étonnâmes que Maman ne tombât pas à la renverse, morte. Papa se leva pour aller voir ; Maman bondit, elle aussi, et supplia Lju du regard pour qu'il offrit le premier son front au meurtrier, si c'en était un qui attendait après Papa. Comme celui-ci est toujours lent à se lever et ses premiers pas difficiles, qu'en revanche

1. Collant.
2. Colorés.

Lju court très vite, il arriva avant Papa et reçut un coursier qui apportait une caisse. Le courrier n'était plus distribué, toutefois le chef postier s'était rendu compte que la caisse venait de Pétersbourg et contenait peut-être quelque chose d'important. S'agissant de Monsieur le gouverneur pour lequel le chef postier a une particulière vénération[1], il avait décidé de la lui faire porter quand même. Le coursier reçut un pourboire, et dans la caisse se trouvait la machine à écrire. Lju la déballa aussitôt et commença à la tester. Papa voulut l'imiter, mais n'y réussit pas. Chacun de nous l'essaya, sans plus de succès, sauf moi – sans mentir – un peu, puis nous observâmes comment Lju s'y prenait. Au bout d'un moment, Papa risqua à nouveau l'expérience ; Lju lui fit remarquer qu'il avait du talent, à sa grande satisfaction. Maman était absolument ravie : elle en avait oublié le serpent tellement la machine était belle. « Qu'avez-vous l'intention d'entreprendre avec cette vieillerie ? » lança Welja. « Si on a encore besoin de ses doigts, autant écrire à la main », opposa Katja ; elle ne voyait pas le but de l'opération. Cependant la majorité était contre elle.

Es-tu maintenant *au fait*[1], ma Tante, mon unique ? J'ajouterai que les roses ont commencé à fleurir, les roses à cent feuilles, les roses grimpantes, les jaunes, celles qui sentent si merveilleusement bon, les roses sauvages également, que les fraises mûrissent et qu'en outre Papa est d'une humeur des plus sociables : il est allé jusqu'à demander si nous aurions des visiteurs cet été.

Ta Jessika.

---

1. Admiration.

LJU À KONSTANTIN

Kremskoje, 9 juin

Cher Konstantin,

Oui, tu es mon ami, je le sens. Tu honores et estimes cette partie de mon être que nous tenons pour supérieure et tu connais et aimes également son revers, le fleuve primitif du sang de mes ancêtres dont les insaisissables affluents attaquent de toutes parts et me torturent. Je ne veux pas te cacher que je souffre ; tu l'as d'ailleurs remarqué depuis longtemps. Peut-être n'ai-je jamais éprouvé une telle souffrance ; néanmoins je suis sûr de la vaincre. Dès le premier instant où je me suis trouvé au milieu d'eux, j'ai cherché à dominer ces gens, le reste en découle ; car le maître est autant lié que l'esclave. Ce qui m'a réussi m'est aussi funeste[1] que ce en quoi j'ai échoué. Si je fais illusion auprès du gouverneur, je n'ai aucune influence sur lui. Ma vanité en est un peu froissée[2], cependant je m'en plains surtout en raison des conséquences que mon échec entraîne. Cet homme exerce un charme auquel je ne suis pas insensible, quoiqu'il procède de forces que je ne tiens pas pour les plus élevées. On remarque en lui les traits caractéristiques d'une race dans laquelle le feu vital brûle plus fort et de plus belle manière que chez les hommes ordinaires. En soi il est accompli, quand bien même il n'est absolument pas complet. Son irréductibilité[3] précisément me plaît ; il a grandi dans le combat de la vie, il s'est affermi, durci, mais il ne s'est pas développé, il ne s'est pas nourri de quoi que ce soit de nouveau. C'est limité, toutefois cela lui prête une certaine intensité. Par ailleurs il n'a rien perdu ; il a gardé beaucoup de la folie, de l'obstination et de la ferveur[4] de l'enfance, ce que ne conserve

1. Néfaste.
2. Vexée.
3. Force morale.
4. Enthousiasme.

pas, en règle générale, qui a assimilé maints[1] éléments extérieurs. Son moi[2] est entier, si vigoureux, concentré et fier qu'on est peiné de devoir y toucher ; et justement parce qu'il en est ainsi, je dois le détruire. J'ai eu une fois l'espoir de le gagner, de lui ouvrir l'esprit à d'autres points de vue. Je ne t'en ai rien écrit, cette tentative me tenait trop à cœur et je pressentais déjà la vanité de l'entreprise. Mon Dieu, cet homme, ce soleil brûlant et aveugle ! Je roule près de lui telle une comète et il ne se doute pas qu'au moment où nos trajectoires se rejoindront, il sera réduit en miettes ! Laisse-moi taire ce qu'il en est des enfants. Il aurait été mieux, tellement mieux que ma présence agisse de la même façon sur leur père que sur eux. Mes regrets paraissent naïfs ; il est bien normal que la jeunesse soit plus facile à influencer que l'âge mûr ; mais pour une fois, par hasard ou par miracle, le contraire n'aurait-il pu avoir lieu ? Comme ce n'est pas le cas, je tente de croire que je n'ai pas le choix, que je dois exécuter ce que j'ai jugé nécessaire, que les maux de la jeunesse guérissent vite, qu'il est sans doute utile à ces enfants joueurs d'être secoués par le destin. Ah ! Seigneur, qu'est-ce qu'utile veut dire ? Ils étaient tellement merveilleux dans leur vie de rêve ! En vérité, tout a une fin. Ce sont là des caricatures que ces images d'enfants ridés, au dos courbé ; la transformation doit commencer de bonne heure. Peut-être serais-je même susceptible de leur être d'un certain secours en me tenant à leurs côtés lors de cette mutation. Qui veut, peut ; seul le moment de la décision exige de la témérité[3].

Je ne te réécrirai donc pas. J'espère que tu ne te méprends pas[4] sur mon compte. Le doute n'a pas de prise sur moi. Ne réponds pas, toi non plus, à ce que je viens de te confier. Personne ne peut me consoler et je sais que tu me comprends.

Lju.

1. De nombreux.
2. Sa personnalité.
3. Courage.
4. Ne te fais pas de fausses idées.

WELJA À PETER

Kremskoje, 11 juin

Cher Peter,

Sois chez toi demain ou après-demain si tu veux vivre un moment historique. Notre fidèle Iwan a versé dans le fossé avec l'automobile, ce qu'il a mis sur le compte de la malignité[1] de la machine – d'après nous, celle du vin cuit. Comme il est resté allongé plusieurs heures à côté de la voiture, il était assez désenivré quand il est rentré et il fut impossible de trancher cette question litigieuse. Le véhicule a plus souffert que lui, on dirait une tortue sans carapace ; cependant il roule. Maman était absolument satisfaite de ce résultat et suggéra de la garder ainsi jusqu'à ce que la conduite d'Iwan soit à toute épreuve afin qu'il ne nous emmène pas, nous non plus, dans le bas-côté. En revanche, Papa déclara qu'il était hors de question de laisser circuler la voiture dans la rue dans cet état, même si personne d'autre qu'Iwan ne se trouvait à l'intérieur. Sa réputation en pâtirait : autant que ses filles sortent avec des vêtements troués ! Persuadés de ce fait, nous décidâmes que l'automobile avait besoin d'être réparée ; Lju s'est proposé pour conduire l'épave en ville et s'occuper du nécessaire. Jessika aimerait aller avec lui, mais il refuse car la voiture endommagée ne serait pas sûre. Depuis, elle promène une mine chagrine[2] : naturellement elle est amoureuse de Lju. « Naturellement », dis-je, car les filles, sans aucune exception, s'amourachent d'un homme tel que lui, dont la puissance de volonté imprègne chacun des atomes de sa substance. Quant à moi, en réalité rien ne me touche. Même quand je suis amoureux. Au fond,

1. Danger.
2. Triste.

au plus profond, il m'est égal de posséder ou de ne pas posséder celle que j'aime.

Cette indifférence n'est pas dépourvue d'un certain charme pour quelques femmes ; toutefois, seule la volonté est vraiment irrésistible. Personne n'y peut rien : c'est le centre de gravité de l'âme. Lju a une volonté déterminée vis-à-vis de tout. Je ne tiendrais pas une année un pareil genre de vie, or voilà vingt-huit ans qu'il le mène et il vivra vraisemblablement très vieux. Je doute qu'il s'intéresse à long terme à une seule femme. On devrait instaurer la polygamie pour lui. Il ne s'occuperait pas beaucoup d'elles, cependant elles téteraient pendant des semaines une phrase qu'il laisserait tomber, de temps en temps, en passant, et seraient satisfaites de leur sort. Il va rendre visite à ta mère, observe-le !

Welja.

LJU À KONSTANTIN

Kremskoje, 11 juin

Cher Konstantin,

Demain ou après-demain, je vais à Pétersbourg et je compte te rencontrer. Il s'agit de l'installation de la machine à écrire, dont je préférerais discuter de vive voix avec toi ; elle explosera ou sera chargée d'un coup de revolver. Dans ce dernier cas néanmoins, nous ne serions pas sûrs que la balle atteindra son but. Je vais la renvoyer prochainement à l'usine où on l'a achetée, sous le prétexte d'une réparation. Elle doit arriver là-bas puis être réexpédiée afin qu'aucune trace ne mène à moi lors d'une future enquête. Tu feras en sorte qu'elle n'en reparte pas sans avoir été préparée pour l'utilisation que nous lui destinons ; il faut donc que tu sois sûr d'un employé de l'usine ou des chemins de fer. Cela ne presse pas, tu as le temps de réfléchir tranquillement à ce dont tu as besoin pour tes préparatifs.

Lju.

JESSIKA À TATJANA

Kremskoje, 12 juin

Très chère Tante,

Je voulais venir te voir et je n'en ai pas le droit. Je me serais si volontiers arrêtée devant chez toi dans l'automobile en ruine – précisément parce qu'elle est terriblement cabossée. Pense un peu, je me serais faite aussi jolie que possible et serais sortie de cette caisse fendue de toutes parts comme une dryade[1] de la souche creuse d'un arbre. Et avant tout je t'aurais vue, j'aurais endurci mon caractère à cette difficile tâche qui consiste à admirer sans envie tes joues épanouies et ta peau poudrée de l'éclat d'une éternelle jeunesse. Je crains qu'à l'instant mes joues ne soient pâles et trempées de larmes, tellement je suis déçue de ne pas être du voyage.

Nous allons maintenant être sans protecteur, Tante. J'ai suggéré que nous trois jouions jour et nuit à attraper les voleurs autour de la maison. Alors, à coup sûr personne ne pourrait s'introduire à l'intérieur sans être vu. Le bon Welja se prêta au jeu, mais pas Katja ; elle dit qu'elle n'était plus une enfant ! Lju t'apportera cette lettre. Entre-temps, laisse-le te protéger, quand même n'en as-tu pas besoin.

Ta Jessika.

1. Nymphe des forêts dans la mythologie grecque.

WELJA À PETER

Kremskoje, 14 juin

Les raisons de mon inactivité tiennent à ce que ma famille est une perpétuelle invitation à l'observation. Mon tempérament contemplatif[1] s'est formé en s'adaptant au contexte agité ; si je participais au mouvement général, la vie deviendrait trop folle. Aujourd'hui le feu est à nouveau à la maison. J'étais assis, encore épuisé à la suite des événements d'hier – depuis que Lju est parti, je dois faire le guet jusqu'à minuit : Maman se sent menacée –, j'étais donc assis dans la bibliothèque à feuilleter un livre quand Katja est entrée en trombe et s'est jetée sur le téléphone. Afin que ton cerveau ne soit pas autant ébranlé que le mien l'a été à cette occasion, je vais anticiper sur mes explications. Katja venait de surprendre Jessika en train d'écrire une lettre à Lju. Sommée[2] de s'expliquer, celle-ci avait laissé échapper qu'elle aimait Lju et qu'ils étaient quasiment fiancés. J'ai reconstitué le fil des événements par déduction, ce qu'il ne faut pas exiger de ton crâne de baleine.

Katja demanda alors la communication avec Pétersbourg. Je m'enquis de son correspondant : Lju, quoique cela ne me regarde pas. « Tu attendras bien jusqu'à ce qu'il revienne, objectai-je, la situation n'est certainement pas si grave. » Elle : « Peux-tu en juger ? Désormais je ne lui adresserai absolument plus la parole et je regrette de l'avoir jamais fait. » Moi : « Par tous les saints ! » À ce moment précis le téléphone sonna, Katja s'empara du combiné : « C'est vous ? Bla bla bla… Je veux seulement vous dire que je vous méprise ! Bla bla… Vous êtes un hypocrite, une méduse, un Judas[3] ! Bla bla bla bla. Je vous en prie, ne niez

---

1. Calme, flegmatique.
2. Obligée.
3. Apôtre de Jésus, il trahit celui-ci pour trente deniers et mourut de remords.

pas. Vous avez le front[1] de vous défendre ? Vous m'avez suffisamment menti. Je vais tout expliquer à Jessika. Malgré sa faiblesse elle est trop bonne pour un misérable tel que vous. Bla bla bla bla bla… Vous me tenez pour plus sotte que je ne suis. Vous vous considérez le seul intelligent et vous prenez les autres pour des imbéciles, mais peut-être est-ce le contraire ! »

Katja trompetait[2] d'une voix si aiguë que Papa et Maman l'entendirent, crurent qu'il s'était passé quelque chose et arrivèrent en courant. « Qu'est-ce que cela signifie ? Avec qui parle-t-elle ? » – « Ah ! avec Lju, dis-je, elle est légèrement en colère contre lui. » Katja, au téléphone : « Moi, vous tutoyer ? Tutoyer un personnage aussi fourbe que vous ? Jamais ! » Papa et Maman : « Pour l'amour de Dïeu, qu'a-t-il donc fait ? » Moi : « Elle a reçu une carte de sa part, au nom de Katinka von Rasimkara, et elle considère comme une offense que l'on fasse dériver son prénom, Katja, de Katinka. » Papa et Maman, ravis : « Ah ! Sacrée Katja ! » Ils éclatèrent de rire. Katja fit volte-face[3]. Moi : « Ma petite colombe, modère-toi un peu ! » Elle me foudroya du regard : « Espèce de singe ! » et tourna les talons.

Je bondis au téléphone, réussis *in extremis* à rattraper Lju et lui donnai ma parole de tenter de calmer les esprits. « Tu es l'huile sur les plaies de ta famille, sans toi elles seraient à vif », soupira-t-il dans un souffle qui, du téléphone, m'alla droit au cœur. Cette dispute semblait l'avoir beaucoup affecté.

A-t-il parlé de chez vous ? Je n'en sais rien ; il serait très amusant que tu aies entendu l'autre moitié de la conversation. Une chose est sûre, Katja en a terminé avec Lju, quand même sa fureur s'apaisera-t-elle avec

1. Ici, l'audace.
2. Criait.
3. Demi-tour.

le temps. Il est encore impossible de juger si, après avoir brisé avec l'intelligence, elle va à nouveau s'enticher[1] de ta lenteur d'esprit. N'y compte pas trop. Au reste, sa déception lui réussit admirablement ; seule la pauvre petite Jessika est à plaindre. Elle a l'air d'un petit oiseau dont le nid a été détruit, qui supporte avec patience et résignation la tempête et la pluie, pépie[2] en un mélange d'effroi et de circonspection[3] et tend parfois sa tête ébouriffée pour voir si le temps s'améliore. Je crois qu'elle a pleuré pendant des heures ; longtemps après l'incident son visage tremblait toujours. Elle est aussi sucrée qu'une figue trop mûre, et aussi délicate qu'un flocon de neige qui fond dans la main. Il serait très bon pour elle que tu l'épouses, seulement voilà, tu as d'abord pensé à Katja et, selon la loi d'inertie qui te mène, tu t'y tiens quoi qu'il arrive et tu estimes ainsi faire preuve de caractère. Il n'y a pour toi finalement aucune différence, quelle que soit la personne dont tu prends soin, par contre Jessika gagnerait à être protégée du monde par le cuir de ton être saurien, tandis que Katja n'a pas besoin d'un tel mur antédiluvien[4] et peut-être finirait-elle par ne plus le supporter à la longue. Je ne suis cependant pas assez fou pour prêcher la raison à quelqu'un qui n'en a pas.

Katja est suffisamment fine pour taire les vrais dessous de l'histoire, toutefois quand Papa l'appelle Katinka pour la taquiner, elle me lance des regards furieux, à la grande hilarité des autres[5]. Bonne continuation !

Welja.

1. S'amouracher.
2. Cf. note 2 page 63.
3. Méfiance.
4. L'expression désigne Peter.
5. L'attitude de Katja fait rire tout le monde.

LJU À KONSTANTIN

Kremskoje, 17 juin

Cher Konstantin,

Il était très judicieux de convaincre Madame Tatjana de m'accompagner à Kremskoje ; l'influence que j'exerce sur elle a impressionné le gouverneur et sa famille : ils admirent beaucoup cette parente qui est une grande dame du monde. Elle est belle et a suffisamment d'esprit pour savoir ce qu'une femme doit en laisser paraître. Elle est intelligente, quoiqu'elle ne soit pas cultivée. Elle apprécie les plaisirs intellectuels que l'on connaît sans effort ; c'est pourquoi elle tend plutôt à fréquenter les penseurs dont les connaissances sont vastes et qui savent habiller d'une forme intéressante le produit de leur réflexion. On serait d'autant plus admiratif face à son absence de préjugés, si, de cette façon, elle prenait des risques ; laissons, ma foi, à cette dame totalement dépourvue de sens politique la liberté de colorer la grisaille sociale de ses interventions charmantes et sincères.

Son fils, Peter, aime Katja depuis l'enfance. Inébranlé par le manque de réciprocité à son inclination[1], il persiste dans son sentiment. Pour le décrire brièvement, il a l'apparence du géant bienveillant des contes. Mû par une sorte d'humanisme[2] ingénu[3] et de naïf sens de la justice, il se compte au nombre des partisans révolutionnaires. Bien qu'il soit jaloux de moi car sa cousine me préfère à lui, il a montré, non pas précisément de la cordialité, mais une fort correcte impartialité à mon égard. Avec l'aide d'autres étudiants, disposant comme lui de moyens importants, il a mis sur pied des cours particuliers de médecine afin que ses collègues

1. Sentiment amoureux.
2. Doctrine qui place les valeurs humaines au-dessus de tout.
3. Innocent.

et lui n'interrompent pas leurs études, et pour protester par la même occasion contre les mesures gouvernementales. À ces cours, qui vont prochainement débuter, Katja veut participer. Jusque-là le gouverneur ignorait ces projets et il est vivement blessé que son neveu soit à l'origine d'une telle entreprise et qu'en outre sa fille souhaite y prendre part. Comme il est incapable d'être bien sévère envers Katja, il a commencé par reprocher à sa sœur Tatjana de ne pas avoir arrêté son Don Quichotte[1] de fils en de si fâcheuses circonstances. Elle eut un sourire enfantin : Peter était un adulte, elle n'avait pas à le tenir en lisières ; et puis, qu'on la laisse donc tranquille avec cette politique, dont les femmes sont d'ailleurs exclues. Pourquoi aurait-elle un avis personnel qu'il lui serait cependant impossible de faire valoir ? En société, particulièrement, devraient être interdites les discussions politiques, au cours desquelles l'homme le plus intelligent devient soudain pareil à un âne obtus[2] et récalcitrant[3]. Au reste, elle trouvait justifié qu'un jeune homme tentât d'obtenir par ses propres moyens la formation nécessaire à son métier, si l'État lui en refusait la possibilité ; car enfin, il faut bien qu'un homme exerce une activité.

Katja prit la parole : il était révoltant de fermer les écoles. Que s'imaginait le gouvernement ? Les universités étaient des corporations[4] indépendantes. Les parents allaient-ils aussi devoir demander l'autorisation du tsar[5] avant d'apprendre à lire et à écrire à leurs enfants ?

Si l'Université s'était contentée de dispenser la connaissance, objecta le gouverneur, le régime l'aurait respectée ; en s'immisçant[6] dans les affaires publiques et en prenant parti, elle avait renoncé à son

---

1. Personnage de Cervantès (XVIe siècle) qui cherche, sans cesse, à aider autrui.
2. Borné.
3. Rebelle.
4. Groupements de personnes ayant les mêmes intérêts.
5. Empereur de Russie, avant la révolution de 1917.
6. Se mêlant.

immunité[1]. La rigueur de ces mesures ne serait pas battue en brèche[2] par l'intervention de quelques-uns qui, grâce à leur fortune, se procureraient par des cours privés l'enseignement dont la suppression portait indéniablement beaucoup plus préjudice aux non-privilégiés. Alors Katja éclata : « Tu connais mal Peter ! Il ne cherche pas à tirer avantage de sa position. C'est principalement dans l'intérêt des plus démunis qu'il a mis sur pied cette organisation. Tous les étudiants ont le droit d'y assister, même ceux qui n'ont pas de quoi les payer. » Le visage du gouverneur vira au rouge sombre : en ce cas l'affaire était beaucoup plus grave qu'il ne l'avait entrevue. Il avait pensé à une forme de cours privés ; or il s'agissait d'une contre-université, d'une provocation, d'un acte révolutionnaire. Il n'aurait jamais imaginé que son propre enfant rejoigne les rangs de ses opposants.

En aucune circonstance je ne l'ai vu autant en colère. Son front se contractait violemment, son nez semblait flamboyer comme un poignard aiguisé de neuf, autour de lui régnait l'atmosphère lourde qui annonce les orages de grêle. Katja s'effraya quelque peu, toutefois elle tint bon. Tatjana, naïve et candide, ne cessait de s'étonner qu'il prenne tant la question au sérieux. Madame von Rasimkara avait l'air triste. Je ne sais à quoi elle songeait, cependant je pense qu'elle était la seule, à part moi, à sentir peser l'inéluctable[3] fatalité, non pour une raison précise, mais parce qu'elle aime : qui aime conçoit des craintes et des pressentiments.

Au moment le plus tendu, je lançai au gouverneur qu'il pourrait envoyer Welja et Katja à l'étranger ; auparavant, il avait déjà l'intention

---

1. Situation d'impunité.
2. Contestée.
3. Inévitable.

de les laisser étudier un certain temps dans les universités de l'Ouest ; de cette manière, ils ne lui occasionneraient plus de contrariétés. Cette proposition apaisa la tempête. Welja était fasciné : « Oui, Papa, pérora[1]-t-il, on envoie les jeunes gens de bonne famille à l'étranger. Si tu veux que nous devenions quelqu'un, il faut accepter. Je suis pour Paris. » – « Je vous laisse Peter afin qu'il y ait un homme raisonnable de la partie, ajouta Madame Tatjana. Et, comme Peter manque de grâce, Paris est nécessaire. » Le gouverneur se limita à opposer Berlin qui lui semblait plus approprié ; visiblement ma suggestion lui paraît lumineuse. Je suis persuadé qu'elle se concrétisera. Je l'ai glissée afin que Katja et Welja soient absents, quand aura lieu l'accident. Il se trouvera bien encore un prétexte pour éloigner Jessika. Je pense qu'à présent l'affaire va rapidement se mettre en place.

Lju.

1. Affirma (emphatiquement).

KATJA À WELJA

Pétersbourg, 20 juin

Tu es un idiot, Welja ! Tu as écrit à Peter cette histoire au sujet de Lju, n'est-ce pas ? Je n'en attendais pas moins de toi, alors pourquoi te vantais-tu de n'en avoir pas touché mot à âme qui vive ? Premièrement, je ne t'ai rien demandé de la sorte et, deuxièmement, je ne t'ai pas cru un seul instant. Peter pense maintenant qu'il doit me consoler et qu'il me faut l'épouser ; il n'a vraiment aucune logique. Par ailleurs, il est adorable. Ah, seigneur, qu'il est dommage de ne pas être amoureuse de lui ! Non seulement j'ai à supporter ces niaiseries[1] de la part de Peter, mais il m'est impossible d'échapper au discours enthousiaste de Tante Tatjana : que Lju est élégant, et captivant, et énergique, et quelle bonne influence il a exercée sur nous ! Fais attention à Jessika ! Il est trop insensé qu'elle ait de tels parents. Papa est aveugle, Maman est d'une excessive indulgence, et toi, tu restes indifférent. Tu es un homme, ne l'oublie pas ! Lju est capable de te faire gober[2] n'importe quel conte de son cru[3], exactement comme si tu étais amoureux de lui ; c'est indigne de toi. Quand Tante Tatjana n'est pas en train de parler de Lju, elle est charmante et parfaitement raisonnable. Les cours ne sont pas encore ouverts. Qu'en est-il de Paris ? Papa a-t-il dit oui ? En dernière extrémité, nous irions à Berlin, naturellement. D'abord partir, on verra pour la suite. Adieu !

Katja.

---

1. Enfantillages.
2. Ici, croire.
3. De son invention.

JESSIKA À KATJA

Kremskoje, 20 juin

Mon tendre petit hanneton,

Je préférerais verser des larmes plutôt que de t'écrire, toutefois tu ne les verrais pas. Je n'arrive pas à me débarrasser du sentiment que tu es partie par ma faute. Je suis coupable, j'en ai la certitude ; et cela a débuté lorsque j'ai écrit à Lju. Tu étais hors de toi, avoue-le. J'ai d'abord pensé que tu aimais Lju. Mais il rit : ce n'est certainement pas le cas, me dit-il ; et quand je vous vis ensemble par la suite, je n'en eus pas l'impression non plus. Si tu l'aimes, tu ne l'aimes cependant pas comme moi ; tu n'en mourrais pas, s'il ne t'aimait pas en retour. Moi, si. Tu n'es pas une personne à tomber sérieusement amoureuse, n'est-ce pas, mon petit bout ? Welja répète que tu es bien moins sentimentale que je ne le suis. Envoie-moi un mot réconfortant ! Chacun des membres de la famille est mécontent à présent. Papa est terriblement nerveux depuis que vous êtes partis. Les visites l'affectent[1] toujours un peu, mais il me semble que tes cours, surtout, en sont la cause. Il est fâcheux pour lui que sa fille et son neveu participent à une quelconque initiative dirigée contre le gouvernement. Hier on a retrouvé des livres de bibliothèque que Welja avait empruntés il y a un ou deux ans, et oubliés de rendre. Maintenant, naturellement, cela coûte une somme assez élevée. Papa est entré en fureur et a fait une scène. Il a déclaré que Welja était inconscient et dépensier, qu'il agissait comme s'il était millionnaire et qu'il allait nous réduire à la mendicité. Maman, qui arriva dans l'entrefaite[2], tenta de défendre Welja ; alors Papa se fâcha sérieusement. À midi, à

1. La peinent.
2. À ce moment-là.

table, tout le monde était silencieux, la mine sévère, et Papa regardait fixement devant lui. Maman prit son face-à-main[1], lança, déconcertée, des regards aux uns et aux autres, finit par observer Papa un moment et lui demanda gentiment : « Pourquoi es-tu si pâle, Jegor ? » Notre hilarité fut si communicative – Papa aussi a ri –, que l'ambiance se rétablit.

Welja était surtout abattu parce que Papa avait affirmé entre autres qu'il n'était pas question de l'envoyer faire de grands voyages car il était trop écervelé[2]. Ces paroles lui ont échappé dans la colère. Je crois qu'en réalité, il a décidé de vous laisser partir. Peter te tourmente-t-il beaucoup ? Ne te soucie pas à mon sujet. Lju m'a dit dès le début qu'il ne pouvait pas, et ne voulait pas demander ma main, jusqu'à ce qu'il obtienne une situation qui lui corresponde ; il souhaitait demeurer seulement mon ami. Tu vois combien il est honnête. Welja ne se conduirait jamais de cette manière. Ma petite coccinelle bien-aimée, je souffre de ton absence à chaque instant et toi sans doute pas de la mienne ?

Ta Jessika.

1. Cf. note 4 page 33.
2. Étourdi.

LUSINJA À KATJA

Kremskoje, 21 juin

Ma petite Katja,

Tu en mènes maintenant à ta guise. Es-tu heureuse d'être en ville ? En deviendras-tu plus intelligente, plus joyeuse, meilleure ? Je ne te cacherai pas, ma chérie, que j'ai eu de la peine en te voyant t'en aller, alors que tu savais ce que tu imposais à ton Papa. Est-ce si difficile à saisir ? Si tu l'avais réellement compris, tu aurais été incapable d'adopter ce comportement. Ce n'est pas de tes idées si différentes des siennes qu'il souffre le plus, ni parce que tu désobéis à ses vœux : il t'aime trop pour te refuser ce qu'il interdirait à d'autres. Il t'aime, et pourtant quiconque agirait comme toi perdrait immédiatement sa sympathie. Il en est dérouté vis-à-vis de lui-même, de son système, vis-à-vis de tout. Pourquoi infliger ce chagrin à un père aimant, à cet homme vieillissant ? Atteins-tu ainsi un but important pour toi ou pour autrui ? Ah ! j'ai parfois l'impression que nos enfants sont là pour prendre une revanche contre nous et cependant, je ne saurais dire pour qui, ni pour quoi. Ils sont les uniques êtres envers lesquels nous sommes emplis d'une totale abnégation[1], c'est pourquoi eux seuls peuvent vraiment nous détruire. Dans quelques années, peut-être deviendras-tu mère, tu me comprendras alors et tu sauras qu'il m'est possible de me livrer à de telles considérations sans que l'amour que je te porte n'en soit d'un infime degré amoindri.

Je pense que Papa va finir par vous envoyer à l'étranger, Welja et toi ; il penche déjà très fort pour cette solution qui sera la meilleure pour tout le monde. Lju nous est d'un grand soutien en ces jours. Je lui en

1. Sacrifice.

suis redevable[1] et pourtant je préférerais qu'après votre départ nous restions entre nous, ton Papa et moi. Les congés n'ont pas encore eu sur lui les bonnes répercussions que j'espérais ; sans doute parce qu'il règne chez nous beaucoup de désordre et d'agitation. Je n'éprouve momentanément pas de crainte à son sujet : trop de tracas, bien pires que les dangers physiques, m'accaparent.

Montre de la délicatesse envers Tante Tatjana, ma chérie, et envers Peter aussi. Je ne vais pas tenter de te convaincre d'épouser un homme dont tu n'es pas amoureuse ; toutefois essaie de conserver l'amitié d'un homme bon.

Ta Maman.

1. Obligée.

WELJA À KATJA

Kremskoje, 23 juin

Ta tête de linotte[1] a eu – Dieu sait par quel miracle – une idée intelligente en te soufflant celle de partir. Il est notoire[2] que souris et moineaux éventent les revirements[3] défavorables à leurs conditions de vie. C'est l'instinct et je ne vais pas te le dénier[4]. En effet, le séjour ici est fort peu engageant. Hier matin Maman a encore trouvé une lettre de menace sous son oreiller : si Demodow et les autres étudiants ne sont pas amnistiés[5], Papa les suivra ou les précédera dans la mort. Voilà le dernier avertissement qu'il recevrait. Le même jour arriva par la poste un courrier de la mère de Demodow, dans lequel elle suppliait Papa d'épargner la vie de son fils. Y a-t-il un lien entre cette missive[6] et ladite lettre ? Maman ne considéra pas celle-ci aussi effrayante que le fait qu'elle ne la découvrit qu'au matin et qu'elle coucha donc la nuit entière dessus ; elle en frémit d'horreur. Étrange est la manière dont elle est arrivée là ; il est exclu que nos gens aient commis une chose pareille. Mais qui d'autre peut pénétrer dans la chambre à coucher de Papa et Maman ? Il va sans dire que cela s'est déroulé de façon naturelle, cependant nous ne réussissons pas à éclaircir ce mystère. On pense que quelqu'un a dû entrer par la fenêtre, tard le soir ; je n'en suis pas convaincu, toutefois il m'est évidemment impossible de réfuter cette hypothèse. Lju est sérieusement touché : sa surveillance s'est très clairement révélée insuffisante. Je crois qu'en réalité il n'y a nullement songé ces derniers temps.

---

1. Personne étourdie.
2. Évident.
3. Déjouent les pièges.
4. Contester.
5. Innocentés.
6. Lettre.

Il est grave, réellement sombre. Aujourd'hui nous avons longuement discuté de cette histoire ensemble ; il est pour lui affaire entendue que ceux qui ont écrit ces menaces avaient connaissance de la requête de la mère de Demodow et que le billet a donc son origine dans le cercle des amis de ce dernier. Naturellement, la connivence[1] de Madame Demodow n'était pas nécessaire. Selon Lju, cette intimidation est censée pousser Papa à répondre de manière favorable à Madame Demodow. Connaissant son caractère, elle va complètement manquer son but. Lju affirma aimer et respecter le gouverneur qui agit toujours selon ce qu'il a jugé et décidé ; d'un autre côté, il faut avouer, ajouta-t-il, que la révolution est dans le vrai par rapport à lui. Le régime a voulu arrêter et envoyer en Sibérie un professeur estimé de tous, l'un des seuls qui a eu le courage de s'exprimer librement. Demodow a essayé de le défendre, lui et les droits de l'Université. Plus tard, on évoquera ces quelques étudiants pour prouver qu'autrefois il y avait encore à Pétersbourg des jeunes gens d'honneur et d'un grand courage. Dans ce cas-là, le régime était en fait un émeutier, un barbare sans légitimité, et les soi-disant révolutionnaires les gardiens du droit. Ils agissaient honnêtement en entretenant Papa de leurs opinions, de leurs intentions, et en lui laissant le temps d'emprunter une voie différente, qui les satisferait. Je le lui accordai, bien sûr, néanmoins j'opposai qu'il n'y avait maintenant plus aucune chance pour que Papa cède, si j'en croyais mon sentiment à son sujet. Peut-être le ferait-il pour l'amour de sa femme et de ses enfants, affirma Lju, s'il avait la certitude que ces menaces étaient parfaitement sérieuses et seraient mises à exécution. Cependant, je n'en ai pas l'impression ; et puis, il n'y a pas même un espoir de le convaincre de la gravité de ces déclarations. Papa est le seul qui ne soit pas le moins

1. Complicité.

du monde ébranlé, voilà ce qui me séduit chez lui. Il n'éprouve pas l'ombre d'une crainte ; il est à présent complètement exclu d'obtenir de lui des concessions, à supposer que cela fut jamais possible. Il fait preuve d'entêtement, d'obstination et de cette prétention d'avoir raison ; et ma foi, il ne manque pas de superbe[1]. Maman est triste ; elle trouve horrible que les étudiants, ou du moins Demodow, soient exécutés, que Papa ait le pouvoir d'intervenir et ne s'en serve pas. Pourtant, je doute qu'elle ait à nouveau cherché à influer sur ses décisions car elle sait l'entreprise vaine. Papa et Maman sont tous deux fort distingués. J'aurais eu à choisir, je n'aurais pas désiré d'autres parents bien que leur attitude et leur point de vue me paraissent souvent comiques.

D'ailleurs, selon Lju, la vie de Papa n'est pas en danger dans l'immédiat ; lorsque les étudiants seront réellement condamnés, alors peut-être la situation deviendra-t-elle critique. Mais nos domestiques sont d'une absolue fidélité : il n'y a donc guère de crainte à avoir pour lui. Je lui posai en effet la question car il était tellement plus sérieux et pensif qu'à l'accoutumée. Il avait compris qu'il devait nous quitter le plus vite possible et il en était attristé. Il aurait agi ainsi quoi qu'il en eût été. Il allait à présent hâter le cours des événements : ses idées s'accordaient par trop peu avec celles de Papa pour qu'une collaboration lui semble convenable. J'ai tenté de l'en dissuader.

Quant à moi, je reste ici pour distraire Papa et Maman, ils me font de la peine. Jessika est amoureuse, point final. Dieu soit loué ! je ne le suis pas, quel horrible état ! Conduis-toi correctement, mon moineau, afin d'épargner à Papa des contrariétés en ce moment.

Welja.

---

1. Orgueil.

JEGOR VON RASIMKARA À MADAME DEMODOW

Kremskoje, 23 juin

Madame,

Si votre fils m'avait injurié ou attaqué personnellement, votre prière n'aurait pas été nécessaire pour que, sans aucune réserve[1], je pardonne à sa jeunesse et à l'emportement de son caractère cette offense. Malheureusement, vous ne vous adressez pas à la personne privée, mais au représentant du régime ; en tant que tel, je n'ai pas la possibilité de me montrer généreux : concernant l'État, il ne s'agit pas de sentiments mais d'intérêts et d'obligations. J'ai mis en garde à temps le jeune homme dont les dispositions m'étaient connues, autant pour son propre bien que pour celui de ses malheureux parents ; en ne tenant pas compte de mes admonestations[2], il a pris sur lui les conséquences de ses agissements. Je ne pense pas qu'il demande lui-même sa grâce, ni qu'il reprochera au régime sa sévérité.

Sans doute n'ai-je le droit de vous dire, Madame, combien je vous comprends, qu'à condition d'exaucer votre requête. Permettez-moi toutefois d'ajouter que je vous serais reconnaissant de me donner l'occasion de prouver par les actes ma douloureuse et sincère compassion[3].

Votre dévoué Jegor von Rasimkara.

1. Restriction.
2. Remarques.
3. Pitié.

LJU À KONSTANTIN

Kremskoje, 24 juin

Cher Konstantin,

Madame von Rasimkara fut fortement impressionnée par la lettre que j'ai déposée sous son oreiller. Elle ne la découvrit qu'au matin, après avoir dormi la nuit entière dessus. C'est ce qui la terrifie le plus, comme de ne pas comprendre par quel moyen ce mot est arrivé à sa place. Au demeurant, elle est impassible ; elle est persuadée que son mari est perdu, que nul n'est capable d'y rien changer, et elle attend l'inévitable fatalité. Cependant c'est une humeur passagère, susceptible d'être chassée par d'autres, ou un état de conscience qui demeure en toile de fond et sur lequel coule le flot de la journée. Le gouverneur est presque insensible à cet incident, fort agaçant, ma foi, qu'il ne s'explique pas plus. Il a répondu sans hésitation par la négative à la démarche de Madame Demodow. On n'observe aucune modification de son attitude ; il est vrai qu'il souffre depuis quelque temps déjà du comportement de sa fille Katja. Il ne semble pas croire qu'un danger sérieux le menace ; en tout cas, il se refuse à considérer cette éventualité.

J'avais prévu qu'on en arriverait là. J'aurais volontiers sauvé cet être intrépide et inébranlable ; j'ai presque trop longtemps espéré en l'existence de cette alternative. Si j'ai jamais souffert de présomption[1], mes expériences en cette maison sont à même de m'en guérir. Dieu seul peut transformer un homme ; et même Dieu… Ma fierté s'en console. On a aussi peu d'influence sur les êtres que sur les étoiles ; on assiste à leur ascension et à leur chute dans le ciel, selon leurs immuables[2] lois. Cela

1. Orgueil.
2. Fixes.

ne va pas être long maintenant ; il n'y a pas d'issue. Quant à moi, je préférerais en voir bientôt la fin.

Lju.

KATJA À WELJA

Pétersbourg, 25 juin

Welja,

À mon avis, tu n'as encore jamais été complètement éveillé de toute ta vie. Réveille-toi enfin ! De partout on m'accable de reproches ; venant de la famille cela passe, mais de ta part ? Inouï ! De quoi suis-je coupable ? Papa a ses idées et moi les miennes ; pourquoi aurait-il plus le droit que moi de vivre selon ses vues ? Des deux, je trouve les siennes plus préjudiciables : au moins, je ne tue personne. Peut-être parce qu'il est plus vieux que moi ? Belle raison : son âge parle, au plus, contre lui. Pourtant je l'aime certainement autant que vous, et vraisemblablement plus que toi. Quand saisiras-tu qu'il ne faut pas que Lju reste chez nous, s'il a les opinions qu'il t'a révélées ? Si nous, nous trouvons que Papa est dans son tort et qu'on ne pourrait finalement en tenir rigueur au parti de l'opposition s'il le tuait, c'est une chose ; c'en est une autre lorsqu'un étranger tient le même discours. En fait, que savons-nous de Lju ? J'ai la certitude qu'il est absolument sans scrupules. Cela t'en impose, naturellement ; au début, moi aussi j'ai été impressionnée et il est bien possible que cela soit extraordinaire. Peut-être n'as-tu aucun scrupule, toi non plus, peut-être aimerais-je en avoir aussi peu que lui ; mais, trêve de discussion, il ne faut pas qu'il demeure en notre maison. Ne vois-tu pas qu'il laisserait tranquillement assassiner Papa ? Garde déjà les yeux ouverts et sois attentif ! J'ai vraiment frémi à la lecture de ta lettre. Il fixe Papa de son regard glacé et pense : « Au fond, ils auraient raison de te tuer. » Pourquoi est-il là, en somme ? Reconnais enfin qu'il n'est pas un mari pour Jessika ; d'ailleurs, il n'a nullement l'intention de l'épouser, il ne fait que la rendre malheureuse. Maman aussi doit comprendre cette histoire avec Jessika ; qu'elle n'apprenne rien du reste, bien sûr, afin qu'elle ne s'inquiète pas. Ne le retiens pas, entends-tu, au contraire dis-lui : « Oui, pars immédiatement, il n'est que trop temps. » Si tu étais un homme, tu lui aurais expliqué depuis longtemps qu'il était indésirable dans la famille à cause de Jessika. Sois un homme pour une fois ! Papa ne voit rien et n'entend rien, hélas ; il vaudrait mieux qu'il joue en public le rôle qu'il tient chez nous, en privé, et vice versa ; alors le peuple et la famille seraient satisfaits. Pauvre homme, il se sacrifie à son sentiment du devoir, à cette figure de cire – et cependant cette folie n'est pas dépourvue de beauté. J'ignore ce que je préfère, de celle-ci ou de l'absence de scrupules de Lju. Ah ! Papa c'est d'abord Papa, et voilà pourquoi il prend le pas sur Lju. Il faut que nous veillions sur lui, tu as à m'en répondre !

Katja.

LUSINJA À TATJANA

Kremskoje, 26 juin

Chère Tatjana,

On dirait que tu as emporté le soleil avec toi ; depuis ton départ nous avons d'affreuses journées pluvieuses. Ah ! qu'il était insouciant et heureux ce jour où tu nous fis la surprise de ta visite ! Nous n'en revivrons pas de pareil avant longtemps. Quand nous emménageâmes ici en mai, je ne songeais qu'au moment qui m'attendait, que j'imaginais d'une indescriptible félicité, où j'aurais Jegor entièrement pour moi, loin des affaires et des soucis, et j'avais comme le sentiment qu'il n'arriverait plus rien par la suite. Il en est ainsi quand on a devant soi une période de joie ; le bonheur paraît éternel – alors qu'au contraire il ne peut être que fugitif. Je réalise maintenant que l'été va passer, qu'avant même qu'il se soit écoulé viendra le temps où nous serons obligés de retourner en ville, où commencera le procès avec son cortège d'horreurs pour nous et pour autrui.

Jegor n'échappera pas à cette masse, à cette énergie de haine accumulée. Si seulement ils le connaissaient ! Mais ils ne perçoivent que ses actes. Et un homme n'est-il pas dans ces actes ? Ah ! Seigneur, je me suis solennellement promis de ne pas porter de jugement : il y a tant d'arguments à soupeser des deux côtés de la balance que je serais susceptible de me tromper. Je suis sûre d'un fait : Jegor ne procède jamais par cruauté naturelle ou par soif de vengeance personnelle. Il pense toujours agir avec justice et ce lui fut souvent pénible. Peut-être a-t-il tort ; néanmoins, qu'il soit faillible[1] ne me le rend pas moins cher. Il estime beaucoup le régime en place et le pouvoir légitime ; ma propre inclination[2]

1. Pouvant se tromper.
2. Préférence.

m'aurait plutôt poussée dans une voie opposée, toutefois je ne suis pas meilleure que lui. On a cela dans le sang ; ses ancêtres lui ont légué un sang différent du mien.

Ah, Tatjana ! Mon cœur est lourd ! Où que je regarde, tout est sombre, si uniformément sombre que j'ai déjà songé que c'étaient mes yeux qui ne voyaient plus clair. Dis-moi, trouve-t-on bonheur et réconfort quelque part ? Comment va se terminer le conflit avec les enfants qui ne suivent que leurs penchants[1] et sont fiers de ne guère se retourner dans notre direction ? Chacun doit-il en faire l'expérience ? Oui, qui dit que nous n'avons pas infligé à nos parents pareil chagrin ? Ma peine n'en est pas adoucie pour autant.

Le sentiment de peur est le plus douloureux ; la peur m'a tellement épuisée que je suis incapable de partager la moindre joie, ni d'être moi-même à l'origine d'aucune. Je vis constamment dans la crainte, nuit et jour, même en dormant. C'est le pire. Tu n'imagines certes pas ce que c'est que de dormir et de rêver sans cesser d'être tenaillée par la peur. Depuis que j'ai découvert cette lettre sous mon oreiller, j'ai l'impression d'être pareille à un condamné à mort qui ne saurait quand le verdict sera exécuté. Le malfaiteur a dû pénétrer par la fenêtre ouverte, en rampant le long de la maison comme un serpent. Il s'est arrêté près de mon lit, tout près, et a glissé la lettre sous mon oreiller. Il est venu sans bruit, oui, exactement comme un serpent. Tu te souviens que je m'éveillai la dernière fois, lorsque Lju entra dans notre chambre. Et j'ai le sommeil léger. Il avait peut-être à la main un couteau ou une corde ; il aurait eu la possibilité d'assassiner Jegor sur-le-champ ; mais il avait l'intention de lui laisser un sursis, ou il n'en a pas trouvé le courage en cet instant.

1. Désirs.

Ou bien il veut nous mettre à la torture. Chacune des nuits à venir peut être celle où il se remanifestera pour commettre son forfait.

Et pourquoi Lju n'a-t-il rien entendu ? Oui, pourquoi aurait-il dû en entendre plus que nous, dans l'immédiat voisinage desquels le criminel a opéré ? Sa vigilance est inefficace devant cette fatalité. Il semble complètement transformé depuis lors, il arbore une mine grave et renfermée ; toutefois ces mots ne le caractérisent pas encore de manière suffisamment pertinente. Assurément souffre-t-il de ne pas être capable de tenir ses promesses, ni d'honorer la confiance que j'avais en lui. Sent-il l'angoisse le gagner ? Il estime que nous sommes perdus. Il n'aimerait pas en être. Et s'il n'était pas en mesure de nous protéger, s'il ne le devait pas ? Selon lui, naturellement. S'il avait vu et identifié ceux qui poursuivent Jegor ? S'il avait reconnu parmi eux des amis ? Ou n'importe quelles autres personnes, plus précieuses que nous à ses yeux ? Tu vas juger insensée cette supposition – que dis-je, ce tissu de divagations[1] ; je n'en serais pas là, si je n'avais son étrange personne devant les yeux. Un halo[2] de mystère l'entoure. Parfois, lorsque son regard s'arrête sur Jegor et sur moi, j'en frémis. Je ne l'accable pas de reproches, la pitié que j'éprouve pour lui parle clairement en son sens. S'il est vraiment possible de nous protéger, et cependant qu'il ne le considère pas comme de son devoir, il a sûrement ses raisons. Oh ! Seigneur, tous ces gens sont dans leur droit, tous ceux qui haïssent et assassinent et calomnient. Oh ! Seigneur, quel monde ! Quel nœud de vipères ! Il a beau jeu celui pour lequel il se dénoue.

J'avoue que je suis en état de vivre surexcitation nerveuse. C'est excusable en ces circonstances, n'est-ce pas, Tatjana ? Jegor n'a absolument

---

1. Cette hypothèse invraisemblable.
2. Rayonnement, atmosphère.

aucune crainte. Il me plaît tellement, je crois que je ne l'ai encore jamais autant aimé qu'à présent. Voilà aussi qui est un bonheur. Je suis parfaitement consciente d'avoir, sur nombre de femmes, le privilège d'être heureuse, mais il y a un voile noir devant cette certitude. S'amènera-t-il un jour un vent favorable qui l'emporte ? Pense à moi, chérie.

Ta Lusinja.

WELJA À KATJA

Kremskoje, 27 juin

Ma petite colombe, Katinka,

Quelles sottises m'écris-tu là sur mon sommeil et mon réveil ? Et sur l'absence de scrupules de Lju et le sens du devoir de Papa qui tour à tour t'impressionnent ? Père, que ta volonté soit faite ! Si tu avais un peu plus de perspicacité[1] et de psychologie, tu aurais remarqué que Lju est un théoricien. En réalité, l'action n'est pas son affaire. Il déclare que certaines personnes auraient entièrement raison de tuer Papa ? Est-ce nouveau ? Bien sûr qu'elles auraient raison. Quand, l'année dernière, ils ont voulu faire sauter le tsar, nous nous sommes accordés à dire qu'ils étaient dans le vrai et cependant nous ne serions pas passés à l'acte. Pourquoi ne pas penser que je tuerais Papa ! On ne s'y résout pas, même si, théoriquement parlant, on n'a rien à reprocher à un tel geste, ni même si on l'approuve ; la culture nous en empêche. Tu es encore jalouse, tout simplement ; j'avais une meilleure opinion de toi. L'amour rend les filles stupides et puériles. À cause de Jessika, il vaudrait mieux que Lju s'en aille, je l'admets. Il n'y a que moi que je supporte amoureux, je ne tolère pas cet état chez autrui : les gens deviennent grotesques. Quant à Jessika, c'est une véritable pitié. J'imagine aisément que d'aucuns en apprécient beaucoup le charme ; elle m'évoque parfois un pêcher fleuri qui serait en flammes. Une jolie apparition en soi – mais quand je réalise qu'elle est un être humain, et qu'elle est ma sœur, je trouve cela niais. J'ai également annoncé à Lju que la situation avait trop duré et qu'il faudrait qu'elle prenne fin maintenant. Il était complètement de mon avis. Depuis longtemps il avait en tête l'idée de quitter la maison. Il désirait

1. Finesse d'esprit.

seulement s'assurer que Maman le laisserait volontiers partir. Tu vois comme tu as tort. Peut-être viendra-t-il avec nous à l'étranger, à condition naturellement que tu sois raisonnable. Il lui est impossible d'épouser chacune des jeunes filles amoureuses de lui, petit veau ! À sa place que pourrais-je de plus ? En ce qui te concerne, tu n'as absolument pas besoin de te marier, tu es un petit moineau terriblement charmant. En tant qu'épouse et mère tu serais ridicule.

Welja.

LJU À KONSTANTIN

Kremskoje, 29 juin

Cher Konstantin,

J'ai prié Madame von Rasimkara d'accepter mon départ. L'incident de la lettre m'avait persuadé de l'inutilité de ma présence. J'avais réfléchi nuit et jour à la manière dont il s'était produit, et n'étais parvenu à aucun résultat. Personne n'avait pénétré par la fenêtre la nuit, voilà un élément dont j'étais sûr : je l'aurais entendu. À mon avis il n'y avait pas lieu de suspecter les gens de maison, je les jugeais d'une incorruptible fidélité. Elle m'interrompit et affirma avec vivacité qu'elle n'avait aucun doute sur ce point. La seule possibilité, ajoutai-je, était qu'un domestique ait agi sous hypnose. Toutefois ce n'était guère vraisemblable. Elle fut très intéressée et nous en discutâmes un moment. Au reste, elle souhaitait ne plus entendre parler de cette histoire ; il n'y avait rien à en tirer. Son mari refusait d'entreprendre une véritable enquête, il a coutume de toujours ignorer les lettres de menace et ne leur attribue guère d'importance. Jusqu'alors les événements abondaient dans son sens. Je ne le contestai, ni ne le confirmai. De toute façon, concluai-je, les circonstances étaient telles qu'elle n'avait plus besoin de moi, que ce soit parce qu'il n'y avait pas de danger ou parce que j'étais incapable de garantir être en mesure de le détourner.

Elle me demanda où j'envisageais d'aller et ce que je comptais entreprendre. Je projetais d'achever mon ouvrage qui était ce qui me tenait le plus à cœur. Au cas où je me rapprocherais de mon père, je demeurerais chez lui jusqu'à nouvel ordre ; il m'avait récemment écrit un mot où il exprimait son désir de réconciliation. Sinon, je trouverais asile chez un ami. Son mari et elle étaient mes obligés, insista-t-elle, et je devais leur permettre de venir à mon secours, si jamais j'avais besoin d'aide. Il ne s'agirait pas d'un geste de charité, mais du remboursement d'une dette. Elle était sérieuse, aimable, empreinte d'une gentillesse choisie. Si cela me convenait, j'étais libre de partir immédiatement ; néanmoins, si je n'étais pas au clair quant à mon prochain séjour, il fallait que je restasse aussi longtemps que nécessaire. J'espérais parvenir à un accord avec mon père, lui affirmai-je, et lui serais reconnaissant de profiter de son hospitalité encore une quinzaine de jours ; d'ici là l'affaire serait résolue. Je voulus baiser sa très belle main ; mais je songeai subitement à ce que j'avais l'intention de lui infliger, et m'en abstins.

J'ai l'impression que l'annonce de mon départ l'a réjouie, vraisemblablement à cause de Jessika. Elle croit que, pour ce même motif, j'estime de mon devoir de m'éloigner, et elle en éprouve un sentiment de reconnaissance à mon égard. Amitiés.

Lju.

JESSIKA À TATJANA

Kremskoje, 29 juin

Très chère et douce Tante,

Je vais certainement venir te voir prochainement. Les quelques jours où tu restas chez nous furent si beaux. Ta présence a réjoui et égayé la famille entière. Maintenant, c'est épouvantable. Lju part. Il le doit, dit-il, car il s'est avéré qu'il est inutile : Maman n'a plus besoin de lui. Elle déclara d'abord qu'elle n'avait pas éprouvé un tel sentiment de sécurité avant sa venue. Mais Papa n'a jamais considéré l'arrangement d'un bon œil et il lui a apparemment confié qu'il avait décidé d'y mettre fin. Tu sais bien que Papa n'apprécie guère avoir des personnes étrangères autour de lui ; ses nerfs furent même ébranlés par ta visite. En vérité, Maman est sûrement très malheureuse que Lju nous quitte. Et voilà qu'à présent Welja et Katja s'en vont également ! Papa est quasiment persuadé que la meilleure solution est qu'ils étudient à l'université de Berlin ou de Paris. Welja est aux anges, Katja aussi bien sûr, et je m'en réjouis pour eux, ils aiment tant voyager. Prends-moi avec toi, Tante Tatjana, jusqu'à ce que nous retournions en ville. C'est trop triste ici toute seule, après ce splendide mois de mai. L'ambiance qui règne en ce moment est tellement écrasante. Papa et Maman vont très bien s'entendre, peut-être leur sera-t-il bénéfique d'être en tête-à-tête pour une fois. Papa se reposera mieux ainsi. Nos domestiques exécuteront parfaitement sans mon aide le travail occasionné par eux deux. Lju ne connaît pas encore sa prochaine destination. S'il va à Pétersbourg, il te rendra visite, avec ta permission. Il rêve souvent de ta beauté et de ton esprit. Qui ne le ferait pas ? Qui d'autre que

Ta petite Jessika.

WELJA À KATJA

Kremskoje, 1er juillet

Mon tendre petit moineau,

Les plumes de ta huppe[1] seraient-elles toujours hérissées de colère contre ton frère qui, conformément à son devoir, t'a dit la vérité ? Cependant il travaille pour ton bien, et le sien, bref pour le nôtre. Depuis que Papa est convaincu que nous ne recevrons une solide éducation qu'en étudiant quelques semestres dans les pays cultivés de l'Ouest, son humeur est remontée en flèche. Il préfère maintenant que nous commencions par Paris, plus superficiel, pour continuer avec l'Allemagne, à la puissante pensée philosophique. Nous serons bientôt en partance : Papa comprend soudain que nos insuffisances[2] proviennent de ce que nous n'avons pas subi l'influence de la vieille culture de l'Ouest. Il faut donc que tu abandonnes immédiatement tes études pour t'inquiéter de notre équipement, ce qui revient à être présente quand Tante Tatjana s'en occupera.

Qui sait si Lju ne prendra pas même congé avant nous ? Je pense qu'il nous rejoindra à Paris, si nous y sommes, bien qu'il n'ait rien précisé à ce sujet. Nous nous promenons fréquemment ensemble en automobile. J'ai été obligé de promettre à Maman de le laisser s'isoler le moins souvent possible avec Jessika – entièrement superflu : il n'en témoigne aucune envie. J'ai des égards envers Papa ; je ne joue absolument plus de Wagner car cela l'énerve. Au reste, il va beaucoup mieux : en plus de sa vieillerie, il a à présent notre voyage pour agréable occupation. Il me donne des instructions : quels trains il nous faut prendre,

1. Touffe de cheveux.
2. Notre manque de culture.

dans quels hôtels il nous faut descendre, et il a presque le sentiment d'être des nôtres. Sois reconnaissante envers ton frère au lieu de bouder comme une enfant.

Welja.

WELJA À PETER

Kremskoje, 1er juillet

Cher Peter,

Le mieux serait que tu nous accompagnes à Paris. Ma mère le souhaite : elle te trouve plus sensé que nous ; elle a accepté, elle aussi, l'idée de ce voyage. Tu dois seulement me promettre de ne pas commencer à jouer au fiancé avec Katja. Mais voilà qui n'est pas ton genre ; ce que tu ressens en ton for intérieur[1] m'est égal, bien entendu. Si tes cours s'arrêtent à la suite de ton absence, c'est tant mieux. Papa a suffisamment de soucis, il y a vraiment de quoi avoir pitié de lui. Nous pourrons relancer de plus belle toute cette ébullition[2] à notre retour. Pour ma part, je marque très volontiers une pause. À Paris tu vas acquérir plus de maturité, en politique également. Je t'imagine déjà faisant ton entrée dans la Sainte Russie en Robespierre[3] aguerri[4].

Ton Welja, inconditionnellement.

1. En toi-même.
2. Ici, vie intense.
3. Homme politique français, responsable de la Terreur pendant la Révolution française.
4. Endurci.

LUSINJA À KATJA

Kremskoje, 2 juillet

Enfant de mon cœur,

La décision est prise, vous partez pour Paris, Welja et toi. Tu t'en réjouis, n'est-ce pas ? Je compte sur vous pour être raisonnables et ne pas dépenser trop d'argent. Vous êtes assez grands pour comprendre la situation et vous y adapter. Vous avez le meilleur des pères qui jamais ne s'est enrichi de manière illégale, voire inconvenante[1], alors que beaucoup ne s'en privent pas. J'espère que vous le respectez et l'en aimez d'autant plus, et que vous êtes fiers de la relative modicité de nos moyens. Il a cependant toujours pourvu à vos besoins avec prodigalité[2] ; n'en abusez pas. En dépassant une certaine mesure, vous lui causeriez, outre le chagrin, de très sérieux ennuis. À l'intérieur de cette limite, ma chérie, jouissez à volonté de votre liberté et utilisez les possibilités que l'on a mises à votre disposition pour faire de vous des adultes à part entière.

Jessika va vraisemblablement aller chez Tante Tatjana quand Lju et vous ne serez plus à la maison. Son pauvre petit être n'a pas fini de supporter de pénibles épreuves. Là-bas elle souffrira moins qu'ici, c'est pourquoi je ne la retiens pas. Il est nécessaire pour elle que Lju s'en aille. Sa façon passionnante de discourir[3], de mettre en relation des images différentes, les unes proches, les autres en un rapport intéressant et lointain, me manquera. À aucun moment il ne laisse retomber une conversation, il attrape un mot au vol et le relance. J'apprécie énormément ce trait de caractère, pourtant j'accorde plus de prix encore au fait

1. Malhonnête.
2. Générosité.
3. S'exprimer.

que, de par sa personnalité, il soit doué d'une perception aiguë des choses et d'une volonté nette et précise. Par ailleurs, je suis soulagée qu'il nous quitte, et pas seulement à cause de Jessika. Il a un air étrange et insondable qui m'inquiète parfois. Son regard est bizarre ; peut-être est-ce ainsi qu'il a gagné un tel pouvoir sur Jessika. Son côté mystérieux attire et effraie à la fois. Il n'est pas des nôtres, voilà l'explication ; quand même montre-t-il une perception très développée des êtres les plus divers, le rapprochement n'est pas possible. Et puis, il est somnambule ; je suis incapable de passer outre.

Après l'agitation de cet été, je suis heureuse d'être bientôt seule avec Papa. Sincèrement, je m'en réjouis – ne vous tracassez donc pas à notre sujet. Vous nous écrirez maintes jolies lettres et nous cheminerons avec vous en esprit de la Joconde à la place de la Concorde et aux jets d'eau de Versailles. À propos, je réalise que, s'il ne nous est pas utile pour cela ne serait-ce que de mettre un chapeau, vous, en revanche, avez besoin de vêtements de voyage et que sais-je d'autre. Vous vous procurerez à Paris nombre d'articles du meilleur goût et à moindre coût. Si seulement vous aviez un peu plus le sens des réalités ! Puis-je m'en remettre à vous ? Quoi qu'il en soit, il vous faut malgré tout emporter un petit équipement ; occupe-t'en dès à présent. Tu as Tante Tatjana, la meilleure des conseillères, à tes côtés. Adieu, enfant de mon cœur, écris bien vite à ton père que tu est ravie d'aller à Paris.

Ta Maman.

KATJA À JEGOR

Pétersbourg, 4 juillet

Cher Papa,

Tu es terriblement gentil de nous autoriser à partir pour Paris. Le bon côté de la chose pour toi tient à ce qu'ainsi tu te débarrasses de nous. Peut-être Peter viendra-t-il également, je trouve l'idée très bonne ; il possède un tel sens pratique qu'il en devient indispensable. Réparer une voiture par exemple, ce pourquoi Lju se rendit en ville l'autre fois, eh bien il s'en charge personnellement, si compliquée l'entreprise soit-elle. Il fait fonction de porteur, de serrurier, de tapissier, de couturier, de cuisinier et même de femme de ménage. Il n'y a que son goût qui soit un peu démodé. À présent il est fort réservé à mon égard, j'ai presque l'impression qu'il n'est plus amoureux ; c'est dommage en vérité, bien que ce me fût parfois importun. Toutefois, je reconnais qu'il est préférable qu'il ait cette attitude pour le voyage. Et puis, il est aussi serviable que jadis. Hier il m'a d'abord très joliment relié un livre, puis il a fabriqué une clé pour remplacer celle que j'avais perdue, chose que Tante Tatjana est censée ignorer.

Si Peter nous accompagne, nous économiserons beaucoup d'argent, déjà parce qu'il est toujours vigilant. Dois-je revenir vous dire adieu ? Je le souhaiterais volontiers, mais renvoyez d'abord Lju. Je ne le supporte pas et sa présence me gâcherait tout.

Ta toute petite Katja.

LUSINJA À TATJANA

Kremskoje, 5 juillet

Très chère Tatjana,

J'ai complètement surmonté mes accès de mélancolie, voici comment : c'était devenu intolérable, alors s'est accompli en moi un revirement[1]. On découvre souvent de plates[2] vérités, tel fut mon cas avec le proverbe « Aide-toi, le ciel t'aidera ». Au début, il me fallut bien des efforts pour réprimer mes pensées anxieuses et regarder vers l'avenir avec confiance ; pourtant, après y être parvenue un certain nombre de fois, une force inconnue parut soudain me porter et je me sentis sereine. La bonne humeur que Jegor a recouvrée, dès qu'il a pris la décision d'envoyer les enfants à Paris, y est sans doute pour une forte part. C'était pour moi la plus pénible des souffrances de le voir ainsi accablé et empli d'une impuissante tristesse. J'ai hâte de ce moment où nous nous retrouverons enfin tous les deux. Je crois que nous ne sommes jamais restés en tête à tête depuis que les enfants sont au monde. Et à la campagne, sans rien faire, dans ce beau paysage ! Il ne faut pas que cela tarde maintenant, sinon le terme des vacances arrivera avant qu'ils soient tous partis. Jegor est content lui aussi, mais il ne cesse de répéter que je suis incapable de vivre uniquement pour lui car je suis habituée à donner à beaucoup de monde et sans m'épargner. Néanmoins il reconnaît en son for intérieur que je ne serai dans mon élément qu'en sa seule compagnie. Quand donc vieillit-on ? Jusqu'à présent, et depuis mes vingt ans, j'ai toujours rajeuni – enfin... moi ! Mes cheveux et ma peau que nenni[3] !

Chère Tatjana ! Aides-tu ma petite Katja à se procurer ce dont elle a

1. Changement d'avis.
2. Simples.
3. Non !

besoin pour le voyage ? Tu as tellement de discernement[1] et de goût. Si ton Peter allait à Paris avec eux, nous en serions grandement soulagés. Bien qu'il soit de si peu l'aîné de Welja, j'aurais l'impression qu'un mentor[2] les accompagne. J'avais d'abord songé à Lju pour ce rôle, cependant Katja ne laisse pas[3] de marquer son aversion. Et dire qu'elle a commencé par s'enticher de lui[4] ! Il tenait lieu d'oracle[5] pour les trois enfants. Puis un beau jour, il l'appela Katinka au lieu de Katja et ce fut terminé pour toujours. Mes enfants me semblent un peu fous quelquefois, Dieu sait d'où cela leur vient-il ? Naturellement, Tatjana, je ne crois pas que cette erreur de nom soit l'unique raison. Il a dû se passer bien des choses entre les enfants, de la jalousie entre autres. De caractère, Katja et Lju se seraient heureusement accordés, mieux en tous les cas que Jessika et Lju ; mais les opposés ont coutume de s'attirer. Toutefois j'aime encore autant qu'elle éprouve de l'aversion[6] pour lui, quand même serait-elle si injuste, plutôt que le contraire. Par ailleurs, je préfère de beaucoup que ce soit Peter qui voyage avec eux. Je suis certaine que Lju aime les enfants et les comprend, il en impose, il a de bonnes manières et, dans cette mesure, serait parfaitement désigné pour être leur guide. Cependant je rêverais parfois qu'il entre dans leur chambre en son état somnambulique, s'arrête près de leur lit et les considère de ce regard énigmatique qui lui est propre.

Ah, Tatjana ! J'ai également cela à te raconter. Quand j'ai trouvé la fameuse lettre sous mon oreiller, l'autre fois, Lju expliqua que ce pouvait être le fait de quelqu'un de la maison, qu'une autre personne aurait

---

1. Finesse.
2. Ici, conseiller.
3. Ici, ne manque pas.
4. Devenir amoureuse de lui.
5. Ici, modèle, guide.
6. Rejet.

hypnotisé dans ce but – l'opération est réalisable. Alors j'ai pensé à son regard plein de mystère et à ses promenades nocturnes, et il me vint à l'esprit que lui aussi était peut-être possédé par une volonté étrangère et démoniaque. Je ne me suis pas trouvée en état d'en parler à quiconque, ni de te l'écrire, si horrible m'était cette idée. Je racontai cela récemment à Jegor qui s'en amusa tant, qu'à présent j'en ris quand j'y songe. Plus absurde serait une histoire, plus je me montrerais empressée à y accorder foi, se moqua-t-il. Je considère donc cette hypothèse comme exclue, mais pas impossible en soi, sinon Lju ne l'aurait pas évoquée.

Tu es d'accord, chère Tatjana, que Jessika te rende visite ? Si Peter partait, tu te retrouverais toute seule et Jessika se plaît beaucoup chez toi. Nous serions ravis qu'elle t'apporte quelque réconfort.

Ta Lusinja.

JESSIKA À KATJA

Kremskoje, 8 juillet

Ma petite chérie,

Ne te fâche pas, mais tu es très vilaine de ne pas vouloir venir aussi longtemps que Lju est ici et de le chasser ainsi de chez nous. Il n'a pas mérité cela de notre part. Tu penses qu'il agit mal envers moi, n'est-ce pas ? Et c'est complètement faux. Il m'aime, cependant il m'a déclaré dès le début qu'il ne savait pas s'il m'épouserait jamais car il est trop fier. Il fallait donc que je donne à mes sentiments le caractère de l'amitié, et je m'y efforce. Pourquoi ne serait-il pas mon ami ? Il est bien celui de Welja et il était le tien avant que tu ne le repousses avec une telle hostilité. Il est envisageable qu'il s'arrange pour être absent de la maison la journée entière quand tu seras là. Cette histoire est pénible pour Papa et Maman également ; alors que de si bons moments t'attendent, tu pourrais avoir quelques égards et ignorer ces vétilles.

Es-tu fâché, mon petit grognon, que je te parle de cette façon ? Je te prêche rarement la morale, tu dois en convenir. Toutefois tu feras comme tu l'entends. Papa et Maman sont d'excellente humeur à présent, la perspective de leur tête-à-tête les réjouit de si charmante manière. Ils ont parfois l'air d'un couple de fiancés sur le point de se marier, jeunes, beaux et emplis d'une joie mystérieuse. Je suis heureuse que ce soit maintenant la saison des roses ; elles fleuriront toutes d'ici quelques semaines. Maman en couvrira chaque jour les tables de nouvelles, en piquera dans ses cheveux et en emplira les vases.

Jessika.

WELJA À PETER

Kremskoje, 10 juillet

Cher Peter,

Hier a eu lieu un curieux incident. Je voulus aller rejoindre Lju dans sa chambre ; comme il n'y était pas, je l'attendis. J'étais assis à son bureau et feuilletais distraitement dans les papiers de son sous-main, quand j'aperçus une feuille sur laquelle étaient écrites quelques lignes qui attirèrent mon attention. Je ne vis d'abord absolument pas pourquoi – puis je réalisai brusquement que la lettre que Maman avait découverte sous son oreiller portait la même écriture ou une écriture très ressemblante. Pour la première fois de ma vie j'ai éprouvé une terreur insensée. La tête me tournait et j'ignorais en fait ce qui m'effrayait ainsi ; mais en un instant mes mains et mes tempes furent couvertes de sueur. Vraisemblablement mon inconscient[1] tira en un éclair une suite de conclusions dont l'effroi fut le résultat. Je sortis précipitamment et tentai de recouvrer mes esprits ; j'était tellement bouleversé, je te le jure, que je n'avais pas une seule pensée claire. Quand Lju fut de retour, je m'arrangeai en sorte que nous nous assîmes dans sa chambre ; je repris son sous-main, jouai avec le billet et remarquai négligemment que la calligraphie[2] en était très proche de celle de la lettre de menace. « N'est-ce pas ? fit Lju, je pense aussi que l'on peut s'y tromper. Je me suis efforcé de la reproduire de mémoire afin qu'elle nous mette éventuellement sur la piste de celui qui l'a rédigée ; cependant ton père ne souhaite pas donner de suite à cette affaire. » En effet, Papa l'a déchirée : il procède toujours ainsi avec les écrits anonymes. Il est incompréhensible qu'une semblable frayeur se soit emparée de moi ! Je me sou-

1. Mon esprit.
2. Belle écriture.

venais qu'à l'origine, Lju avait essayé de découvrir qui était l'auteur de cette missive et je savais également qu'il était féru[1] de graphologie[2] ! D'ailleurs, dès que je le vis et l'entendis parler, mon émoi me parut fort puéril. Par la suite, j'aurais préféré raconter à Lju ce qu'il en avait été et pourtant, inexplicablement, cela ne franchit pas mes lèvres. Il ne se doute strictement de rien et se réjouit de son succès ; c'est une prestation colossale que d'imiter de mémoire une écriture, et de si trompeuse façon.

J'explique ma stupidité par le fait que cette histoire de lettre a rendu chacun d'entre nous un peu nerveux. Papa aurait une autre attitude, je crois qu'on serait effectivement très effrayé ; mais il montre tant d'assurance qu'il nous semble impossible qu'il lui arrive quoi que ce soit. En vérité, on ne vit pas de ces récits d'épouvante dans la réalité ; voilà tout au plus de la lecture de voyage. Il est vrai qu'il y a souvent eu des attentats. Toutefois Papa affirme qu'en général il n'est pas si haï que cela et que les parents des étudiants sont des gens instruits, parmi lesquels on ne saurait rencontrer de meurtriers. Il était clair que les dernières menaces avaient pour but de l'intimider. Au reste, on était toujours à la merci d'une soudaine maladie, on était toujours exposé à la mort, il ne fallait pas tenir compte de telles occurrences. Je me demande parfois si l'intrépidité[3] est une qualité ou une lacune[4] chez Papa ; peut-être n'a-t-il simplement pas la moindre imagination.

Il est à présent dans les meilleures dispositions. Sa vieillerie est cassée et il y bricole des heures avec Lju pour déceler la cause de cette avarie. Lju mène cette entreprise avec sérieux et zèle. Je n'ai pas encore été

1. Amateur éclairé.
2. Science qui étudie l'écriture.
3. Courage.
4. Manque.

à même de tirer au clair s'il agit ainsi pour faire plaisir à Papa ou s'il y voit un réel intérêt.

Seigneur Dieu, je ne serai heureux qu'une fois à Paris ; ici je ne suis d'aucune utilité. Ne raconte rien à Katja de mon aventure avec Lju. Papa dit qu'en Allemagne on voyage très bien en deuxième classe. Père, que ta volonté soit faite, pourvu que nous partions !

Welja.

JESSIKA À KATJA

Kremskoje, 14 juillet

Katja,

Tu ne dois venir sous aucun prétexte, entends-tu ! Pourvu que tu ne sois pas déjà en route ! Imagine-toi, hier Petit Père est soudain tombé terriblement malade. Il a eu des crampes, des convulsions et son visage a bleui, ce fut tout bonnement épouvantable. Welja déclara d'abord qu'il était ivre, mais il s'avéra bientôt qu'il se trompait. Les bonnes affirmèrent qu'il avait le choléra[1] et se conduisirent de manière indescriptible : pas une d'entre elles n'acceptait de rester auprès de lui, Lju prit la situation en main. Il expliqua qu'il ne pouvait être question du choléra : les symptômes seraient différents. Il s'agissait vraisemblablement d'une fièvre typhique[2] avec quelques complications. Il prit de nombreuses dispositions et demeura près d'Iwan, bien que Papa et Maman s'y opposassent car ils craignaient qu'il ne soit contaminé. Il ne le croyait cependant pas et, en outre, il n'en avait pas peur : pour cette raison il n'y serait pas sensible. Iwan le fixa d'un air complètement terrorisé quand il s'approcha de lui. J'ai l'impression qu'il n'aime pas le voir à ses côtés bien qu'il n'ose s'en plaindre. À son arrivée, le médecin jugea que Lju avait mis en place l'ensemble des mesures nécessaires, lui-même n'aurait pas opéré autrement. Il partageait aussi son diagnostic. Papa et Maman ne veulent absolument pas que tu viennes à cause de la contagion. Nous, nous étions là, il n'y a rien à y changer ; quant à toi, il ne faut pas que tu t'exposes volontairement au danger. Je trouve qu'ils ont parfaitement raison, tu ne serais d'aucune aide et Maman s'inquiéterait, même si le

1. Grave maladie infectieuse.
2. Fièvre due au typhus, grave maladie infectieuse.

risque de contagion n'est pas si important. Dans l'immédiat, il est impossible de transporter Iwan en ville : il est trop malade. Pauvre Petit Père ! Welja ne cesse de répéter que ce serait dommage pour lui. Il aime tant le vin, eh oui ! avec de l'eau-de-vie il est déjà aux anges. Je ne vais pas te revoir avant ton départ, mon petit ver luisant ! Toutefois je n'ai pas le loisir de m'attrister de ton absence tellement il y a à faire à présent.

Ta Jessika.

LJU À KONSTANTIN

Kremskoje, 16 juillet

Cher Konstantin,

J'ai renvoyé la machine à écrire. Il est donc convenu que l'explosion aura lieu lorsque l'on appuiera sur la lettre J majuscule. Puisque nous devons nous accorder sur le choix d'une lettre, que ce soit l'initiale du prénom du gouverneur ; il est exclu qu'il rédige un courrier sans l'utiliser. À présent, l'affaire est entre tes mains. Je suis heureux d'en être libéré d'ici peu car je sens que je suis malade. J'ai la fièvre dans les os, j'aimerais me mettre au lit, mais je sais qu'il est possible d'empêcher la maladie de se déclarer en y résistant. Cela m'a déjà réussi une fois. Le cocher Iwan souffre d'une fièvre typhoïde[1] très aiguë, sa vie est encore en danger. Comme l'effroi et la perplexité régnaient ici – les domestiques pensaient qu'il avait le choléra –, et que j'ai quelques notions médicales, je me suis chargé de lui. Cet homme ne peut me souffrir, il éprouve une obscure terreur, voire une aversion à mon égard ; je me dis qu'il sent en moi le danger qui menace son maître, comme les animaux en sont capables. J'ai une forte prédilection pour ces natures populaires qui vivent encore à moitié à l'état animal et inconscient. Ce fut pour moi une joie réelle que de le soigner et de l'observer. Peut-être me suis-je surmené auprès du malade ; de toute façon, j'étais atteint.

Si la maladie était la plus forte et que je dusse être transporté à l'hôpital de Pétersbourg, ce serait très grave : il me faut encore recevoir la machine et l'installer moi-même. Je suis sûr cependant que Monsieur et Madame von Rasimkara souhaiteront me garder chez eux pour prendre soin de moi, même si je tente de refuser. C'est d'abord sur la robus-

1. Cf. note 2 page 121.

tesse de ma nature et la puissance de ma volonté que je compte. Si l'on ne peut plus démolir des murs comme le fit Samson[1], on peut toutefois parer à l'effondrement de son corps chancelant, enfin, pendant un certain temps. Quoi qu'il en soit, attends encore que je te prévienne avant d'agir.

Lju.

1. Personnage de la Bible qui détruisit, par sa seule force, le temple de Dagan en en ébranlant les colonnes.

LUSINJA À TATJANA

Kremskoje, 18 juillet

Très chère Tatjana,

L'aspect des choses terrestres évolue tellement vite, plus vite, ma foi, qu'un ciel couvert ; et c'est un lieu commun, qui nous fait l'effet d'une révélation quand nous faisons l'expérience de sa vérité. Il semblerait que notre vieil Iwan veuille se mieux porter ; du moins, le médecin pense que son état se serait déjà considérablement aggravé si la maladie devait le conduire à sa fin. Tu sais comme nous sommes étroitement liés à nos gens ; en avoir d'autres serait pour nous aussi triste que de déménager pour une nouvelle maison. C'est pour moi une terrible épreuve que de voir un être humain en danger de mort, de le voir pour ainsi dire agoniser ; je comprends subitement avec une grande clarté que c'est notre sort à tous, que le trait aurait pu aussi bien m'atteindre moi, qu'il m'atteindra peut-être demain ou après-demain, qu'il doit m'atteindre un jour, inéluctablement[1]. Alors une angoisse me saisit, une angoisse mille fois pire que la mort. Oui, elle semble être passée à côté d'Iwan pour cette fois. Mais hier soir Lju a été obligé de s'aliter. Il a tant soigné Iwan, et il s'est exposé à la contagion comme si cela allait de soi. Nous l'admirons d'autant plus qu'Iwan l'a toujours détesté et n'en a pas fait mystère. Avant-hier déjà, Lju n'était pas comme d'habitude ; pourtant quand je me suis enquise de lui[2], il a affirmé se sentir en parfaite santé. Hier midi, il avait l'air fiévreux. Jegor, qui évidemment ne remarquait rien, parlait de sa machine à écrire à laquelle il s'était si accoutumé et qui lui manquait. Il espérait la retrouver bien-

1. Inévitablement.
2. J'ai pris de ses nouvelles.

tôt. Lju s'écria soudain : « Ah ! ne dites pas cela ! Je préférerais qu'elle vous fasse défaut encore longtemps ! » J'ai lu un jour qu'un célèbre comédien s'enivrait parfois avant la représentation. Il était alors si faible que personne ne tenait pour possible qu'il puisse jouer ; mais quand il entrait en scène, il se ressaisissait par un effort de volonté démoniaque et son jeu vous transportait. Il était rare que ce pouvoir décrût[1] et laissât percer son ivresse. C'est lui, tu sais, qu'il m'a évoqué. J'insistai, lui laissai entendre qu'il avait de la fièvre et qu'il fallait qu'il s'allongeât. Il finit par l'admettre, et affirma qu'en pareil cas, le mieux pour lui était de se dépenser. Il voulut se promener à bicyclette. Il fut impossible de l'en dissuader ; il partit et revint trois heures plus tard, en sueur et terriblement épuisé. Puis il s'est mis au lit, sans avaler quoi que ce soit. Aujourd'hui il est resté couché, complètement exténué, toutefois la fièvre semble avoir réellement lâché prise. Le médecin qui venait pour Iwan dit qu'en effet semblables traitements réussissent parfois ; en revanche, il ne les prescrit jamais à personne : ce n'est pas l'affaire de n'importe qui. C'est un être extraordinaire que ce Lju, il offre toujours un nouveau motif d'admiration.

Chère Tatjana, quand serons-nous enfin seuls ! Je m'occupe volontiers des malades et je suis heureuse d'aider Lju – seulement, c'est si peu de chose, ce n'est pas quelqu'un que l'on peut soigner ; cet être n'est capable que de donner, il lui manque l'organe pour recevoir – mais je me faisais une telle fête d'être seule avec Jegor que, désormais, tout événement inattendu m'apparaît comme un méchant obstacle qui se glisse entre nous et ces jours de repos tant désirés. Welja et Jessika seraient déjà arrivés chez toi, cependant il n'était pas le moins du monde question qu'ils partent avant qu'on sache si Lju était sérieusement malade

1. Diminuât.

ou non. Dieu merci, le danger est passé – comme l'amour s'en serait accru dans le tendre cœur de Jessika ! Iwan sera mené à l'hôpital dès qu'il sera envisageable de le transporter ; et jusqu'à ce qu'il se remette, un homme de confiance, qui nous a déjà plusieurs fois secondés, prendra sa place. J'ai pensé venir en ville avec Jegor assister au départ des enfants ; mais comme il est censé avoir pris un congé exprès pour un séjour de santé à la campagne, il préférerait qu'on ne le vît pas à Pétersbourg ; cela risquerait d'être mal interprété. Il affirme également qu'en étant là-bas je me rendrais beaucoup plus compte de la séparation, que je serais sous le coup de l'émotion et pleurerais et ainsi de suite… Pour pleurer, je vais pleurer. Ils vont sûrement rester loin une année, si ce n'est plus, sinon cela n'a guère de sens. Une année entière sans les deux enfants ! Si je n'avais pas Jegor pour moi en ce moment ! – Et puis, je ne suis plus si jeune, pour qu'une année me semble longue ; ce ne sont que douze fois trente jours, ah, ce n'est que l'espace d'un souffle, en réalité ! Comme je suis heureuse que Peter aille avec eux ! Je vais charger les enfants de lui obéir.

Ta Lusinja.

WELJA À KATJA

Kremskoje, 20 juillet

Mon petit clairon,

Tu peux sonner à tue-tête car je pars demain. Tu sonnerais contre mon arrivée que cela n'aurait pas d'importance : je ne l'entendrais pas ; cela ne te serait donc pas utile. Le plus grand bien que nous procurerions maintenant à Papa et à Maman serait de partir en voyage. Il vient d'y avoir une note dans les journaux à propos de « l'université rouge[1] ». Il n'arrivera rien de grave aux étudiants, tout au plus supprimera-t-on les cours, mais bien sûr Papa est content que nous n'en soyons pas. Petit Père vit toujours, il a déjà demandé une goutte d'alcool aujourd'hui ; il me semble en l'occurrence qu'il est sur le chemin de la guérison. Comme je n'ai pas le droit de prendre congé de lui à cause de la contagion, je lui ai rédigé un poème d'adieu. Cela commence par :

Eh oui ! cinq jours déjà de l'été
Sans voir Petit Père ivre hébété.

et se termine par :

Je ne puis serrer ta main fidèle,
Sans baiser d'adieu, à tire-d'aile
Je pars, te reverrai-je jamais ?
À ta santé ! ou repose en paix.

Je l'ai récité à Lju qui est encore alité. Il lui était impossible de s'ar-

1. L'université désirée par les étudiants contestataires.

rêter de rire, quoiqu'il soit vraiment très affaibli. Il est persuadé qu'Iwan va me considérer comme le plus grand poète de Russie et ces vers comme la quintessence[1] de la poésie. Il envie les êtres dont l'âme s'exalte encore au son d'un rythme répété et de simples rimes. Lju voudrait bien venir à Pétersbourg avec nous, mais il craint d'être encore trop faible. Et Maman ne le laissera point partir ainsi. Tu ne le reverras donc pas. Jessika est un stupide petit vermisseau[2] avec son amour, je te conseille malgré tout, mon tendre moineau, d'être douce envers elle, de ne pas pousser de hauts cris, ni donner de coups de bec. Elle est exactement comme une goutte de rosée, aussi étincelante qu'une pierre précieuse dans le soleil et palpitante de vie, mais qui perd son éclat et se tarit quand le soleil disparaît. Je cite cela pour que tu voies que je suis réellement en mesure de m'exprimer avec poésie. Écoute, Peter devra s'occuper des cigares et des cigarettes en route, il aime avoir une mission à remplir.

Welja.

---

1. Sommet.
2. Être insignifiant.

LJU À KONSTANTIN

Kremskoje, 23 juillet

Cher Konstantin,

Tu as évité de m'écrire afin que la lettre ne tombe pas en de mauvaises mains, si jamais j'étais mort ou mortellement atteint. À présent le danger est passé. Si tu ne reçois pas de nouvelles de ma part, fais partir la machine à écrire le trente et un ; avertis-moi simultanément. La maladie a définitivement lâché prise, toutefois je suis encore tellement épuisé, si épuisé que je resterais encore volontiers quelques jours au lit, sans penser, sans autre image qui atteigne mon cerveau que celle de la femme brune et de la jeune fille blonde qui traversent de temps en temps ma chambre, se penchent au-dessus de moi et me parlent d'une voix douce et amie, ou bien celle des sapins et des bouleaux que j'aperçois par la fenêtre ouverte. Y aura-t-il un jour des êtres capables de demeurer dans la contemplation de la beauté, sans souffrance, sans l'aiguillon sublime et abominable de l'âme ?

Welja et Jessika partent demain pour Pétersbourg. Jessika restera chez sa tante. Quand je la reverrai, elle portera une robe noire. Cette nuit la lune brillait, pâle et entourée de nuages sombres. Je n'ai pu m'empêcher de songer à sa tête blonde au-dessus de la robe noire. Ah ! ce n'est pas le pire. Ses joues rosiront à nouveau, elle sourira et portera des robes blanches. Que tout soit condamné à périr, par le seul fait de naître, c'est l'unique aspect tragique de la vie ; parce que c'est son essence même, la seule vie qui nous soit jamais accordée. J'attends ton message.

Lju.

LUSINJA À KATJA

Kremskoje, 24 juillet

Ma toute petite, ma cadette,

Welja et Jessika partent aujourd'hui. Ils ont attendu Lju une journée supplémentaire, puis l'ont finalement dissuadé de subir dès aujourd'hui la fatigue du voyage. Il s'est levé, mais il est encore faible. Il restera certainement ici encore environ trois jours ; il n'y a aucune chance pour que tu le revoies, si vous partez après-demain. Jessika a bravement lutté contre ses sentiments. Je ne lui aurais pas cru une telle maîtrise d'elle-même. Très tôt ce matin, elle était déjà dans le jardin à cueillir de pleines corbeilles de roses. Elle en a décoré la maison entière. « Je trouve que cela ressemble à une maison de jeunes mariés », a-t-elle dit. Puis elle a ajouté : « Maman, nous avons dû être toujours dans vos jambes, à venir au monde ainsi l'un après l'autre ? » – « Oui, si nous n'en avions pas été les seuls responsables, peut-être nous serions-nous un peu fâchés », lui répondis-je. Ton frère Welja arriva dans l'entrefaite[1] : – « Mon Dieu, penses-tu, ils se seraient terriblement ennuyés sans nous. » Jessika, indignée : – « Espèce de prétentieux ! Toi avec ta paresse, qui n'as pas dit un mot avant ta deuxième année, ni lancé une plaisanterie avant d'avoir dix ans ! » Tu imagines comme ils se sont gentiment chamaillés. Et là, ce petit visage, si calme, si pâle, au cœur de son ancien rire d'enfant. Accordez-lui encore toute votre affection au cours de ce dernier jour, entends-tu, ma chérie ? Et ne la vexe pas en critiquant Lju. Tu es une bien trop jeune et déraisonnable petite chose pour le juger correctement. Quoi qu'il en soit c'est un être remarquable et, face aux êtres remar-

1. Cf. note 2 page 87.

quables, on doit avoir le respect de penser d'abord le meilleur d'eux et, en cas de doute, réserver son jugement.

Quant au chauffeur que Tante Tatjana nous suggère de prendre à la place du vieux domestique qui nous aide, Papa ne se résout pas à l'engager, bien qu'il admette que ce serait peut-être plus agréable pour nous. Il dit ne pas vouloir accueillir chez lui quelqu'un de complètement étranger à sa demeure. Il n'est pas rare que le parti révolutionnaire introduise les siens de cette façon dans les foyers, pour reconnaître la situation de l'intérieur par leur intermédiaire ou pour entrer en relation avec les domestiques. Il préférerait ne pas amener un élément suspect parmi nos si fidèles et loyaux serviteurs. Comme Papa est dépourvu de la moindre angoisse, cette précaution est sûrement parfaitement légitime. Nous en restons donc au vieux Kyrill ; d'ailleurs, il ne boit pas plus qu'Iwan et Papa affirme que les ivrognes ont les cœurs les plus fidèles.

Je te serre dans mes bras, mon enfant adorée ! Aimez-vous juste tous les trois, et ne vous querellez pas au cours du voyage, Welja et toi. Ne vous traitez pas de veau, de mollusque ou de tête de linotte – le dernier passe encore, à la rigueur –, la plaisanterie risquerait un jour de s'envenimer ; et c'est surtout une détestable habitude, qui peut choquer les gens qui ne vous connaissent pas. Fais aussi attention à Welja, comme si tu étais l'aînée, mais sans qu'il s'en aperçoive ; je m'inquiète plus pour lui que pour toi – toi, ma chérie, tu agiras et tu seras comme il faut.

Je suis à présent une femme sans enfants ! Je vous serre dans mon cœur, très fort, où vous êtes encore petits et aimez être à l'étroit dans un minuscule espace, tout près de votre maman.

Adieu !

WELJA ET KATJA À JEGOR

Pétersbourg, 26 juillet

Cher Papa,

Quand Katja a lu ta sentence[1] dans la lettre de Maman, selon laquelle les ivrognes auraient les cœurs les plus fidèles, elle a claironné à tue-tête : « Vous voyez, Lju n'est pas un buveur ! Il n'a bu du vin que par égard pour sa belle couleur et son arôme ! » Le bruit va certainement se répandre que tu as renvoyé Lju parce qu'il ne s'est jamais enivré. Tu deviendras le favori du peuple et une horde de cosaques titubants se portera volontaire pour monter une garde constante autour de toi et te protéger. Avant-hier soir, nous avons persuadé Tante Tatjana de nous servir un vin très fin pour le dîner d'adieu et Peter, qui était sur le point d'entrer dans une ligue anti-alcoolique, a donc repoussé cela à notre retour.

Cher Papa,

Welja n'écrit que des bêtises. Il n'est pas possible de vivre avec lui sans le traiter de veau ou de mollusque de temps à autre. Maman, tu aurais dû mieux l'élever dès le début. Pour ce qui est de boire, tu as absolument raison, Papa ; c'était une idée absurde que celle de Peter de vouloir entrer dans une ligue anti-alcoolique. Pourquoi ne pas boire, si cela vous fait envie ? C'est trop bête ! Jessika dit qu'il n'y a pas à se tracasser à votre sujet, vous avez l'air d'heureux jeunes gens, tous les deux. C'est l'image que nous garderons de vous pendant le voyage. J'ai été très gentille avec Jessika, mais elle n'en demeure pas moins une oie. Voilà notre voiture qui avance ! Demain, à la même heure, nous aurons déjà

1. Dicton.

franchi la frontière. En route je t'écrirai une vraie longue lettre, ma douce Maman.

Katja.

LJU À KONSTANTIN

Kremskoje, 1er août

Cher Konstantin,

Je pars demain matin. Je prends l'automobile jusqu'à Pétersbourg. De là j'irai chez mon père. Je suppose que la machine à écrire arrivera ce soir. Je n'aimerais pas qu'elle soit là plus tôt car le gouverneur me demanderait vraisemblablement de la tester. Ces deux êtres se réjouissent de leur intimité comme d'heureux enfants. Ils ne savent pas eux-mêmes ce qu'ils en attendent – ah ! mon Dieu, qu'espère-t-on quand on se languit dans l'attente d'un moment de passion amoureuse ? Que trouve-t-on ?

Il est exclu que quelqu'un d'autre que le gouverneur utilise la machine avant lui – la seule chose qui puisse faire échouer mon plan. Les bonnes n'osent pas la toucher, par peur du gouverneur, surtout depuis qu'elle s'est cassée. Une fois il leur a même interdit de la dépoussiérer ; il désire s'en charger personnellement. Et il s'en servira sous peu, il a toujours quelques lettres à rédiger et puis il voudra l'essayer après qu'elle aura été réparée. Il ne se passera pas une journée. Il écrira vraisemblablement à ses enfants. Quant à elle – sa femme – qu'adviendra-t-il d'elle ? Le mieux serait qu'elle soit alors à son côté. Il est vrai qu'elle ne s'éloigne presque jamais de lui. Je souhaiterais te voir la prochaine fois que j'irai à Pétersbourg. Dans l'immédiat j'ai d'abord besoin de repos.

Lju.

LUSINJA À JESSIKA

Kremskoje, 1er août

Jessika, ma petite fleur,

Tes belles roses se sont fanées avant même que le bonheur de notre solitude se soit installé. Mais le jardin en est plein de nouvelles. Lju s'en va demain très tôt ; il nous a déjà fait ses adieux car il part avant que nous ne soyons levés. À l'instant, tandis que nous revenions de promenade, un homme se tenait à la porte du jardin. Je ne le vis que lorsque nous arrivâmes très près de lui et je sursautai. Lju s'esclaffa : « C'est sans doute encore l'envoyé de la poste avec la machine à écrire. » Et c'était vrai, c'était lui. Je le regardai, épouvantée, n'en croyant pas mes oreilles, et il recommença à rire, et Papa aussi ; en effet, il était parfaitement naturel qu'il le devinât parce qu'après tout, elle était attendue par le premier courrier. Imagine-toi, Papa ne s'est pas jeté sur la caisse : il a laissé Lju la déballer. Il est maintenant assis à mes côtés et joue du piano mieux que personne. Peut-être qu'au même moment ta voix répand-elle son parfum de tilleul en fleur auprès de Tante Tatjana. Tu te souviens que Lju a déclaré de ton chant qu'il était si délicat qu'il ne fallait pas dire qu'il résonnait, mais qu'il exhalait[1]. C'est comme si je t'entendais, mon petit, ma toute gracieuse.

Lju me lança un de ses regards impénétrables quand il prit congé ; je suis heureuse de ne plus croiser ces yeux demain. Toutefois sois tranquille, je lui ai préparé un petit panier de victuailles pour le voyage et je lui veux tout le bien du monde. S'il n'était pas somnambule, je serais son amie inconditionnelle[2]. Figure-toi, Petit Père a eu dernièrement la

1. Ravissait l'auditoire, comme une fleur le fait de son parfum.
2. Absolue, sans aucune réserve.

velléité d'un éclat à propos du départ de Lju, qui intervient avant qu'il soit à nouveau sur pied. Il est toujours malade et faible, et ne compte pas, quand il devrait y avoir un homme à la maison. Alors Papa se fâcha : « Et moi donc, je suis une mauviette à ce compte-là ? » Iwan s'est d'abord mis à pleurer, puis a affirmé qu'il n'avait jamais tenu Papa pour une mauviette, cependant il devait justement être protégé, et que se protéger soi-même, on ne le pouvait pas plus que laver son propre dos. Papa demanda à Mariuschka : « Qui lui lave le sien ? C'est toi ? » Ce qu'elle a nié, indignée ; on n'a pas été en mesure d'éclaircir ce point.

Bonne nuit, chérie. Quand vais-je piquer des roses dans tes cheveux ? Qui sait dans combien de temps ! La nuit apporte bien des joies inespérées.

Ta Maman.

JEGOR À WELJA ET À KATJA

Kremskoje, 2 août

Voyons, vous deux, qu'est-ce que c'est que ces sottises à propos de boire, mes petits enfants ? Que suis-je censé avoir dit ? Les personnes de bonne condition doivent se modérer, cela va de soi. Quand un paysan russe ne boit pas, cela dénote une certaine disposition à s'améliorer, c'est ce qu'on peut théoriquement en conclure. Mais où l'instinct animal a lâché prise, rien de bon ne s'installe tout d'abord à sa place. Revenons-en à vous, il faut que vous fassiez preuve de modération car vous voulez passer pour des personnes de bonne éducation. Notre ange gardien est parti, je n'en ai d'autre à présent que votre mère, sous les ailes de laquelle je me sens encore le mieux. La voici qui s'approche de ma chaise, qui m'entoure les épaules de son bras et me pose cette question qui n'est pas nouvelle mais que j'entends toujours avec plaisir : « Pourquoi es-tu si pâle, J… »

Après-texte

POUR COMPRENDRE

GROUPEMENT DE TEXTES

INFORMATION/DOCUMENTATION

Lire

1 Montrez, en choisissant l'une des lettres, que toutes les composantes épistolaires requises sont bien présentes.

2 Le nombre de lettres envoyées par Lju (qui correspond – bien entendu – à celui des lettres reçues par Konstantin) vous semble-t-il voulu par l'auteur ? Pourquoi ?

3 Tatjana est celle qui reçoit le plus de lettres. Pourquoi, selon vous ? Quel rôle cette femme joue-t-elle donc ?

4 Expliquez pourquoi – parmi les enfants – si Welja et Jessika sont ceux qui écrivent le plus, il reçoivent peu ; mettez cette analyse en rapport avec le ratio équilibré de Katja.

5 En quoi les lettres de Lusinja (p. 136) et de Jegor (p. 138) sont-elles émouvantes et ironiques ?

6 Montrez, en vous fondant sur des relevés précis, que l'auteur, à travers les lettres de Lju, construit un schéma narratif rigoureux.

7 En quoi l'énonciation de la lettre de Jegor à Mme Demodow rend-elle compte de la personnalité du gouverneur ?

8 Choisissez deux lettres (une de Welja et une de Katja) qui vous semblent exprimer le mieux leur manque de maturité. Quels procédés ont alors été employés ?

9 Du point de vue énonciatif, dans ces échanges épistolaires, quels registres (que vous nommerez) vous semblent le plus en accord avec la problématique générale de l'œuvre ?

Écrire

10 Mme Demodow répond au courrier de Jegor. Écrivez cette lettre en respectant les caractéristiques du genre.

11 Écrire une lettre à ses parents vous semble-t-il, à l'époque des SMS, de MSN et de Facebook, un moyen toujours d'actualité pour communiquer, ou pensez-vous qu'il est totalement dépassé ?

Chercher

12 Au CDI, recherchez les *Lettres* de Mme de Sévigné et choisissez-en deux, remarquables pour leurs qualités littéraires (ce travail sera préparatoire à un exposé oral).

13 Établissez un tableau des principaux écrivains épistolaires des XVIIIe, XIXe et XXe siècles, afin de constituer un dossier sur ce genre particulier.

Oral

14 Lisez un extrait choisi d'une des *Lettres* de Mme de Sévigné à vos camarades et expliquez ensuite les raisons de votre choix.

À SAVOIR

LE ROMAN ÉPISTOLAIRE

Le roman épistolaire est une forme particulière du récit, dans laquelle les personnages s'échangent des écrits explicitant leurs actions, états d'âme... C'est au XVIe siècle, en Espagne, que paraît le premier roman épistolaire dont on ait trace. En France, c'est aux XVIIe et XVIIIe siècles que le genre commencera à se répandre. On tire alors profit de deux effets perceptibles antérieurement au théâtre, la mise en abyme et les récits enchâssés. L'échange de courriers permettait de produire des scènes plus réalistes, des actions inattendues, d'éclairer de manière plus subtile la psychologie des personnages, etc. Les lettres ne s'adressent pas qu'au destinataire mais également au lecteur : c'est le principe de double énonciation, déjà rencontré au théâtre.

Au XVIIe siècle, Honoré d'Urfé, dans *L'Astrée* (1607-1628) recourt au genre épistolaire avec profit, ainsi que Madame de Lafayette dans *La Princesse de Clèves* (1678). Le XVIIIe voit Pierre Choderlos de Laclos contribuer à rendre ce genre plus populaire encore, avec son chef-d'œuvre *Les Liaisons dangereuses*, paru en 1782. Goethe l'avait précédé, en 1774, avec *Les Souffrances du jeune Werther* ou encore Jean-Jacques Rousseau avec *Julie ou la Nouvelle Héloïse*, en 1761. Au XIXe siècle, George Sand écrit *Jacques* (1834), Honoré de Balzac *Le Lys dans la Vallée* (1835, roman constitué d'une lettre !) ou encore les *Mémoires de deux jeunes mariées*, en 1841. Enfin, l'épistolaire peut parfois se présenter sous des formes hybrides : journal intime cohabitant avec échange de lettres (Bram Stoker, *Dracula*, 1897), ou sous la forme d'une autobiographie fictive (Marivaux, *La Vie de Marianne*, 1731-1741), par exemple.

Lire

1 Montrez que la première lettre de Lju (p. 19 à 22) fonctionne comme une scène d'exposition de théâtre et rend bien compte de la situation politique en Russie.

2 Comment l'auteur exprime-t-elle le fait que la société russe soit arrivée à un point de non-retour ?

3 Dans une telle situation, peut-on comprendre – sans pour autant l'excuser – la mission de Lju ?

4 Quel fait constitue un élément supplémentaire de mécontentement du peuple à cette période ?

5 Le meurtre de Jegor ne revêt-il pas alors un aspect plus dramatique ? Précisez en quoi.

6 Quel personnage est désormais nommé par les contestataires ? Consultez, pour vous aider, le texte d'introduction consacré au contexte historique.

7 Quelle solution est opposée à la fermeture des universités lors de la révolte estudiantine ?

8 En quoi met-elle au jour une grave inégalité (que vous nommerez) ?

9 Quelle situation paradoxale vit Jegor dans son propre foyer, relativement à ses fonctions et à la situation du pays ?

10 En quoi la spiritualité affichée par Lju est-elle *a priori* surprenante (cf. également le texte d'introduction) ?

Écrire

11 Un représentant des étudiants apporte à Jegor une motion argumentée demandant la réouverture des universités et appelant à la clémence pour les étudiants arrêtés. Écrivez-la.

12 Sur le modèle des *stances* (registre délibératif), écrivez le monologue tenu par Jegor doutant d'agir dignement vis-à-vis de l'étudiant Demodow.

13 Pensez-vous, comme Albert Camus, que l'homme *doive* se révolter – sans pour autant effectuer une révolution – quand la société devient trop injuste ? Vous pourrez lire *L'Homme révolté*, d'Albert Camus.

Chercher

14 Au CDI, effectuez une recherche sur les principales revendications de 1905 et 1917 (ce travail sera préparatoire à un exposé oral).

Oral

15 Vous réaliserez un exposé oral dans lequel vous présenterez à la classe les principaux points communs et les principales divergences des deux périodes de troubles étudiées lors de votre recherche au CDI.

À SAVOIR

LE VOCABULAIRE DE LA RÉVOLUTION

La langue vernaculaire d'un pays n'est pas une entité figée, loin s'en faut. À l'évolution naturelle s'ajoutent parfois de sensibles modifications. C'est le cas, notamment, lors des révolutions. Celle de 1789 a, par exemple, modifié bien des aspects du français. Il fallait bannir de la langue française tout ce qui rappelait l'Ancien Régime, et ce dans tous les domaines. Tout d'abord, les langues régionales furent l'objet d'une vaste tentative d'éradication. La guerre aux patois fit dire au révolutionnaire Bertrand Barrère que le breton, l'occitan, le basque... étaient des « jargons barbares », des « idiomes grossiers » qui ne pouvaient être utilisés que par les « fanatiques et les contre-révolutionnaires »...

Dans le langage courant, un noble devint ainsi un ci-devant ; un esprit farouchement français fut appelé cocardier ; le drapeau français devint le drapeau tricolore et l'État, la Nation. Le calendrier fut modifié : les noms traditionnels disparurent au profit des germinal, nivôse et autre thermidor... Le système des poids et mesures subit lui aussi un changement radical.

Quant aux toponymes, ils prirent de nouvelles dénominations, plus en phase avec la politique : Bourg-la-Reine devint Bourg-l'Égalité ; le Mont Saint-Michel s'appela le Mont-Michel et Grenoble devint Grelibre !

L'avènement du marxisme (et donc du communisme) favorisa l'émergence d'un discours didactique où la société fut l'objet d'une division bipolaire : les bourgeois s'opposant aux ouvriers (ou prolétaires, travailleurs). La personnalisation disparut au profit du collectif : prééminence du « nous » sur le « je » et l'hyperbole fut allègrement employée dans des formules désormais célèbres comme « Ils ont pris la parole comme on prend la Bastille » !

Cependant, ces modifications sont le plus souvent éphémères.

Lire

1 Lju est qualifié d'« ange gardien » (p. 24, l. 27) par Welja, à son arrivée, et par Jegor, à son départ (p. 138, l. 8-9). En quoi cette expression est-elle à la fois terriblement ironique et – paradoxalement – en partie fondée ? (cf. aussi p. 66, par exemple)

2 Montrez en quoi la phrase (à propos de Jessika, p. 130, l. 16) « Quand je la reverrai, elle portera une robe noire » exprime la fermeté de la résolution de Lju.

3 Voyez-vous dans la remarque de Lju (à propos de la machine à écrire, p. 126, l. 24-25 : « Je préférerais qu'elle vous fasse défaut encore longtemps ! ») une preuve de faiblesse devant la mission à accomplir ? Si votre réponse est négative, de quoi est-elle alors la manifestation ?

4 Mettez en parallèle la lettre 5 (p. 30 et 31, lignes 1 à 46) et la lettre 9 (p. 40 et 41, lignes 1 à 39) : comment Lju considère-t-il Jegor ?

5 Expliquez donc pourquoi il estime qu'il n'aurait pas « agi de manière correcte » (p. 40, l. 23) s'il avait assassiné brutalement Jegor (cf. également p. 61).

6 Lusinja écrit à Tatjana que Lju a affirmé : « Seul se mentir à soi-même est méprisable. » Que penser de cette affirmation dans ces circonstances-là ?

7 Étudiez le rapport ambigu qui existe entre Lju et Lusinja (p. 50 notamment, mais aussi p. 106, l. 34-35 ; p. 107, l. 10-11 et p. 136, l. 19-22). Ne pose-t-elle pas plus Lju en instrument du destin qu'en assassin ?

8 Que prouvent les lignes 52 à 56, p. 68, concernant Lju ? Dans quelle catégorie d'hommes peut-il être placé ? (cf. aussi, p. 73, l. 5-8 et p. 123, l. 13-19)

9 En quoi peut-on parler de stances (registre délibératif) à propos de la lettre de Lju à Konstantin, p. 74 ? (cf. aussi p. 130, l. 6-14)

Chercher

10 Recherchez dans les *Mémoires d'outre-tombe* de Chateaubriand (Tome 1, Livre 5, chapitre 9) l'épisode dans lequel l'auteur qualifie les révolutionnaires de « cannibales » (une recherche de même nature peut être effectuée également dans le roman *L'Émigré* de Sénac de Meilhan).

11 Recherchez dans *Le Cid*, de Pierre Corneille, les stances de Rodrigue et lisez-les à titre de lecture cursive.

Écrire

12 Écrivez un dialogue entre Peter et Tatjana (sa mère) à propos de Lju. L'un le valorisera, l'autre le dénigrera.

13 Lju, envers et contre tout, effectue ce qu'il estime être son devoir. Pensez-vous, comme Victor Hugo, que « le devoir est une série d'acceptations » ou pensez-vous que le devoir puisse passer par le refus ? Appuyez-vous sur le roman, sur vos études, lectures et expériences personnelles.

Oral

14 Dans un exposé d'une dizaine de minutes, montrez ce qui rapproche et éloigne Lju de Chateaubriand quant à l'emploi du terme « cannibales » appliqué aux révolutionnaires (cf. question 10).

À SAVOIR

MOUVEMENTS CONTESTATAIRES

La jeunesse, estudiantine notamment, et les syndicats ouvriers sont la plupart du temps les initiateurs des grands mouvements sociaux. La révolte la plus connue du XXe siècle reste évidemment celle de mai 1968 : ouvriers et surtout étudiants occupèrent les universités (La Sorbonne notamment), les usines, dressèrent des barricades et affrontèrent les forces de l'ordre. L'aspiration à des conditions de vie plus décentes, plus modernes est bien réelle. L'existence est bien terne pour la jeunesse des années soixante et les mouvements hippies, l'avènement du rock'n'roll – musique contestataire par excellence – vont inciter les Français à exiger plus de libertés individuelles, plus d'audace, plus de créativité dans leur vie quotidienne. Des slogans de cette époque sont restés célèbres : « Sous les pavés, la plage » ou bien encore « Il est interdit d'interdire. » Le renforcement de l'activité syndicale va également jouer un rôle important dans l'expression du mécontentement populaire : ainsi, les manifestations (dont celle traditionnelle du 1er mai), les grèves vont-elles se multiplier et susciter des réactions contrastées dans la population.

Plus près de nous encore, le CPE (Contrat Première Embauche) mobilisera, lui aussi, les foules, s'étendant même aux plus jeunes, puisque des collégiens et lycéens participeront à des mouvements hostiles à ce projet, qui sera finalement retiré.

MAÎTRES ET SERVITEURS DANS LA RUSSIE DE 1906

Lire

1 Établissez une fiche portrait de chacun des membres de la famille (p. 23, 24, 28, 34, 38, 42, 43, 58, 61, 63, 75, 81, 89, 93, 98, 103, 104, 107, 108-109, 117, 133).

2 Quelle perception a Lusinja de son mari ? À quoi cela la conduit-elle (cf. p. 39, 54, 99-100, 112, 114, 138) ?

3 Montrez en quoi Jegor doit faire face à une opposition politique au sein de sa propre famille (p. 53, 61, 89, 93).

4 Montrez que la notion de famille ne se restreint pas aux parents et enfants, mais s'étend à la domesticité (p. 43, 52, 125).

5 Étudiez particulièrement le personnage de Petit Père : quelle touche apporte-t-il à l'œuvre ? (deux réponses attendues, cf. p. 121-122, 128)

6 Le fait que la tante Tatjana et le cousin Peter soient les correspondants privilégiés des enfants et de Lusinja est-il seulement un artifice d'écriture ? Montrez alors leur importance.

7 Que penser de la relation Welja-Peter ? Ce dernier est-il vraiment le faire-valoir de Welja ?

Chercher

8 Établissez une comparaison entre la famille russe et la famille romaine antique. Jegor est-il un véritable *pater familias* ?

9 Étudiez le rôle du père de famille dans la France des XIXe et XXe siècles. Quand sa toute-puissance a-t-elle cessé d'exister ?

10 Relevez donc les grandes étapes de la libération de la femme au XXe siècle.

Écrire

11 Peter écrit à Welja pour le persuader qu'il n'est plus le « saurien » au « cuir antédiluvien » qu'il a pu être. Sa lettre, argumentée, se veut même incisive !

12 Pensez-vous que le thème de la famille soit de nos jours, comme précédemment, une valeur refuge pour les écrivains ?

13 Dans sa première lettre, Lju évoque ses relations difficiles avec son père. Brossez le portrait de ce dernier en opposition avec celui de Lju (au physique comme au moral).

Oral

14 Évoquez, en recourant à l'antiphrase, le portrait de vos parents (au sens large) que vous admirez le plus (lire Voltaire vous aidera : il est le maître du genre !).

À SAVOIR

INTERPRÉTATION DU RÊVE, SONGE PRÉMONITOIRE

Le monde de l'inconscient, si cher aux surréalistes (le poète Robert Desnos, par exemple, notait ses rêves depuis l'âge de six ans et utilisa cette recension dans son œuvre poétique) a toujours fasciné l'être humain. À la fin du XIXe siècle, le célèbre psychanalyste Sigmund Freud publia *L'Interprétation des rêves*, ouvrage dans lequel il livre les clefs de nos songes. Sa pratique, fortement décriée, permit néanmoins de soigner avec succès de nombreux patients.

Homère, dans une de ses deux œuvres, *L'Iliade*, avait lui aussi évoqué le monde du sommeil et ses mystères : dans le chant II, Zeus envoie à Agamemnon un songe destiné à lui rendre son ardeur au combat. Le songe n'est, en effet, pas un rêve ordinaire. Il présente au dormeur un personnage qu'il connaît (le sage Nestor, par exemple) et qui vient lui apporter un message divin. Le songe est dit prémonitoire, en ce qu'il offre une vision – éphémère certes – de ce qui sera, ou pourrait être. On retrouve dans le mot « prémonitoire » la racine *monere*, qui signifie avertir en latin. De nombreux ouvrages ont traité du rêve ; parmi eux, le merveilleux *Songe d'une nuit d'été* (vers 1595) de Shakespeare ; *La Morte amoureuse*, nouvelle de Théophile Gautier (1836) ; *Le Rêve* d'Émile Zola (1888) ; l'anthologie *Puissances du rêve* de Roger Caillois (1962) et enfin le savoureux *Rêves de Rêves* d'Antonio Tabucchi, paru en 1994.

Lire

1 Quel argument propose Katja (p. 53) afin de quitter la Russie ? Est-ce surprenant ? Était-elle celle qui était censée le proposer ?

2 Pour quelle raison Lju propose-t-il la solution du départ des enfants pour l'étranger à Jegor, qui l'accepte (p. 84) ? En quoi a-t-il, ici, fait preuve de beaucoup de psychologie (cf. p. 88, 89, 107) ?

3 Expliquez pourquoi Berlin a la prééminence sur Paris (p. 85, 86, 108) ?

4 Quelle autre finalité que l'étude aura ce voyage pour les enfants (p. 111) ?

5 Pourquoi, selon vous, Jegor (et Ricarda Huch à travers lui) autorise-t-il finalement ses enfants à se rendre à Paris (p. 113-114) ?

6 Welja déclare (p. 120) que Paris seule peut faire son bonheur. N'est-ce pas surprenant quand on a lu que la capitale française était « superficielle » et que l'on a vu Welja peu sérieux ?

7 Par ailleurs, comme les plaisanteries de Welja à l'égard de Peter sont tout de même empreintes de culture (p. 64, par exemple), le jeune homme est-il donc finalement si superficiel que cela ?

8 Pourquoi, selon vous, Richard Wagner est-il le compositeur valorisé de ce roman (qui évoque pourtant Beethoven) (p. 46, 48, 58...) ?

9 Les personnages de Talleyrand (p. 62), de Don Quichotte (p. 83), de Robespierre (p. 110) sont évoqués. En quoi peuvent-ils se rapprocher des personnages du roman ?

10 Ricarda Huch propose des références à la Bible (p. 27, 28, 52), à la mythologie grecque (p. 56, 64) : qu'apportent ces références culturelles ? Sont-elles caractéristiques des *Humanités* du XXe siècle en Europe ?

Chercher

11 En (re)lisant, par exemple, *Arria Marcella* de Théophile Gautier, établissez le parcours du jeune bachelier aspirant à devenir un *honnête homme.*

12 Effectuez des recherches sur le *Ring* de Wagner (ce travail sera préparatoire à un exposé oral).

Écrire

13 Welja vante les mérites de Paris à son père, afin de le dissuader de les envoyer à Berlin : écrivez l'argumentaire qu'il développe.

14 Peter écrit à ses cousins et cousines pour leur faire part de son refus de les accompagner à l'étranger, car il estime que, eu égard aux circonstances, sa place est en Russie. Rédigez cette lettre.

Oral

15 Faites écouter un court extrait d'un des quatre opéras du *Ring* de Wagner à vos camarades, après le leur avoir présenté ; justifiez ensuite votre choix.

À SAVOIR

LE VOYAGE DE FORMATION DE L'HONNÊTE HOMME

L'obtention du baccalauréat est une étape essentielle mais insuffisante du cursus de l'*honnête homme*. Ce diplôme est, de nos jours, la clef qui permet de passer des concours, d'accéder aux facultés, aux IUT ou aux classes préparatoires. Au XIXe siècle, il constituait, pour les plus fortunés, un passeport pour un voyage bien réel : celui que l'on effectuait avec un ou deux bons amis, sur les terres qui avaient vu naître la littérature fondatrice de notre culture : l'Italie et la Grèce. Marcher sur les traces d'Ovide, de Cicéron, sur celles d'Aristophane et de Platon ne pouvait qu'aider à faire d'un étudiant un homme accompli. Théophile Gautier, dans *Arria Marcella*, propose ainsi les aventures de jeunes hommes dans les ruines de la ville de Pompéi, détruite par le Vésuve en Août 79 de notre ère. Si tous les voyageurs n'ont pas connu la même fortune, la visite des sites antiques, du berceau de notre civilisation, était censé apporter une forme de culture et de sagesse qui permettrait d'aborder sereinement l'âge adulte.

Et qui empêcherait l'*honnête homme* du XXIe siècle, ayant lu *Le Dernier Été* de Ricarda Huch, de voyager vers la proche Allemagne et de se rendre à Bayreuth afin d'assister à un opéra de Richard Wagner ? Le choix de *Tristan und Isolde* serait particulièrement pertinent, surtout si pendant le voyage, il prenait le temps de lire la pièce éponyme de Shakespeare !

UN CHASSÉ-CROISÉ AMOUREUX IRONIQUE

Lire

1 Quel personnage évoque le premier une possible séduction de Lju ? Envers qui ? Pourquoi est-ce ironique ? (p. 33, 42, 63)

2 Retracez les grandes étapes de l'amour de Jessika pour Lju (cf. p. 35, 37, 66, 68, 75, 87, 93, 97, 111, 117). Quelle intensité revêt-il ? Était-il partagé ?

3 Étudiez l'énonciation de l'évocation par Tatjana du sentiment de Jessika pour Lju (p. 37) Qu'exprime-t-elle ?

4 Quel avis majoritaire est appliqué au sentiment de Jessika pour Lju ?

5 À quoi Lju est-il comparé trois fois (p. 35, 37, 66) ? Pourquoi ?

6 Katja – dont on peut penser qu'elle a été attirée par Lju elle aussi – se montre-t-elle jalouse ou lucide ? Argumentez.

7 Les amours de Katja et Peter : qu'ont-ils de paradoxal (p. 65, 81, 86, 110, 113) ?

8 Que propose Welja pour Lju ? (p. 76) Est-ce seulement une plaisanterie ? Et que préconise-t-il pour Peter ? (p. 81) Son initiative se révèle-t-elle heureuse ?

9 Comment Welja se positionne-t-il par rapport à l'amour (p. 35, 36, 75, 76, 81, 93, 103, 110, 129) ? Est-ce si surprenant ?

Écrire

10 Jegor s'aperçoit que sa fille aînée, Jessika, est amoureuse de Lju : il en fait part à son épouse. Écrivez leur dialogue (il tiendra compte de la personnalité de Jegor et de sa position de gouverneur).

11 Si l'on en croit l'actrice Elsa Zylberstein : « Séduire, c'est être soi-même. » Partagez-vous cette opinion ou pensez-vous qu'il soit nécessaire d'aménager la vérité – voire de mentir – afin de conquérir l'être aimé ? Vous organiserez votre réflexion autour d'arguments précis tirés de vos études, de vos expériences personnelles et de votre culture générale.

Chercher

12 Recherchez la légende de Pyrame et Thisbée dans *Les Métamorphoses* d'Ovide et rapprochez-la de *Tristan et Yseult*, *Roméo et Juliette* (ce travail sera préparatoire à un exposé oral).

13 Établissez une typologie du séducteur à travers des personnages célèbres de romans et de théâtre, afin de constituer un dossier sur ce thème.

Oral

14 Avec deux camarades, vous résumerez succinctement les trois œuvres lues lors de votre recherche (cf. question 12) puis vous mettrez en exergue leurs points communs et leurs différences.

À SAVOIR

LE ROMANTISME

Mouvement littéraire, artistique et culturel du XIXe siècle, le romantisme s'imposa dans l'Europe entière. Loin de la toute-puissance de la raison plébiscitée par les siècles précédents, il s'ouvre au subjectif, au lyrique, au moi, au rêve, à la passion vécue sans honte ni retenue. L'Italie puis l'Angleterre s'ouvriront les premières au romantisme, bientôt suivies par la France. Jean-Jacques Rousseau pouvait pourtant être considéré comme préromantique (cf. *Rêveries du promeneur solitaire*, 1782).

C'est entre 1815 et 1830 que le mouvement atteint son apogée. Sans en donner une définition précise, il est toutefois possible d'en préciser les aspects les plus marquants : prééminence du particulier sur le collectif (il est bien admis d'être « [s] oi-même la matière de [s] on livre », comme le dit Montaigne dans ses *Essais*) ; prééminence de l'imagination sur la raison, valorisation des sentiments, goût pour le pittoresque, la couleur locale ; refus des codes, des contraintes, des entraves à la liberté de créer (cf. Victor Hugo, la Préface de *Cromwell* et l'avènement du théâtre moderne après la *Bataille d'Hernani*). Atteint par le vague des passions, le mal du siècle, le romantique se tourne volontiers vers le passé, vers le monde intérieur, le rêve (cf. les poèmes d'Aloysius Bertrand dans *Gaspard de la Nuit*), le fantastique.

Parmi les musiciens romantiques, retenons Frédéric Chopin (les nocturnes, par exemple) ou encore Beethoven (Cinquième symphonie) ; parmi les peintres : Delacroix (*La Liberté guidant le peuple*) et parmi les écrivains : Thomas Hardy, en Angleterre (*Tess d'Urberville*, roman adapté au cinéma par Roman Polanski) ; Chateaubriand (*René*, *Atala*), Alfred de Musset (*La Confession d'un enfant du siècle*) ou encore Victor Hugo (*Hernani*), en France.

INTERTEXTUALITÉ ET OUVERTURE

SUR LA LITTÉRATURE HISTORIQUE

Lire

1 Après lecture du *Dernier Été*, que pensez-vous de la littérature épistolaire ? Pensez-vous qu'elle soit plus accessible ou plus difficile d'accès que le récit traditionnel ? Est-ce, enfin, selon vous, un genre moderne ?

2 Montrez que tous les aspects de la vie familiale sont bien présents dans ces lettres (opposition générationnelle, chamailleries entre frères, sœurs et cousins, amour et respect, insolence...).

3 Le genre épistolaire vous semble-t-il de nature à favoriser la maîtrise de procédés énonciatifs tels que les figures de style, l'emploi des temps verbaux, les formes et types de phrases... ? Pourquoi ?

4 Comment expliquez-vous que cette œuvre ait connu un succès si retentissant ? Justifiez votre réponse (relisez la biographie de Ricarda Huch).

5 Ce roman est-il de nature, selon vous, à éclairer sensiblement le cours d'histoire consacré à la révolution russe de 1917 ? Pourquoi ?

6 *Le Dernier Été*, par la réflexion qu'il induit, vous semble-t-il utile à un adolescent du XXIe siècle ? En quoi ?

7 Ce livre vous a-t-il donné envie de lire d'autres romans historiques (ou du moins faisant la part belle à l'histoire) tels que ceux d'Alexandre Dumas (*La Femme au collier de velours*, *Les Trois Mousquetaires*), d'Honoré de Balzac (*Les Chouans*), ou ceux, contemporains, de Jean Rouaud (*Les Champs d'honneur*), de Claude Simon (*L'Acacia*, *La Route des Flandres*) ?

Écrire

8 Écrivez une préface argumentée pour ce roman. Elle devra être de nature à convaincre des adolescents de lire cette œuvre.

9 Choisissez un grand événement historique, endossez le rôle d'un des protagonistes et écrivez une lettre au Parlement de votre pays, dans laquelle vous justifierez votre intervention.

10 Écrivez à vos camarades du lycée pour les inciter à œuvrer pour une grande cause (écologie, don du sang, aide aux devoirs...). Votre travail devra compter au moins un argument polémique (en plus de ceux destinés à convaincre).

Chercher

11 Recherchez quelles sont les spécificités de la littérature historique. Établissez ensuite un tableau que vous joindrez à votre cours.

12 Trouvez trois œuvres appartenant à la littérature épistolaire et/ou historique qui aient été adaptées au cinéma (ce travail sera préparatoire à un exposé oral).

Oral

13 Visionnez le film de Stephen Frears *Les Liaisons dangereuses*, puis sélectionnez une scène particulièrement significative que vous montrerez à vos camarades. Expliquez à votre classe les raisons de votre choix.

14 Montrez en quoi Lju et Konstantin – même s'ils ont élaboré un plan destiné à nuire – ne peuvent être rapprochés d'un couple tel que Valmont et Merteuil des *Liaisons dangereuses* de Choderlos de Laclos, par exemple.

À SAVOIR

L'ATTENTAT POLITIQUE EN LITTÉRATURE

Comme le présente Ricarda Huch dans *Le Dernier Été*, l'homme politique est souvent exposé à la vindicte d'opposants déterminés à l'éliminer physiquement. Un tel acte correspond à une situation fréquemment constatée dans l'histoire des pays et les littérateurs se sont emparés du sujet afin de produire des romans à suspense, des œuvres à caractère historique ou philosophique.

Dans l'Antiquité, Sophocle, vers 441 avant Jésus-Christ, composa la tragédie d'*Antigone*, pièce dans laquelle le pouvoir et ses enjeux provoquent la mort de quasiment tous les personnages principaux. La pièce, reprise (entre autres) par Robert Garnier au XVIe siècle, Jean de Rotrou au XVIIe, Jean Anouilh et Henry Bauchau (sous forme de roman) au XXe siècle, dénonce sans relâche les luttes iniques pour le pouvoir.

Au XIXe siècle, sous la forme d'une nouvelle, *Un épisode sous la Terreur*, Honoré de Balzac traite de l'assassinat politique en évoquant la mort de Louis XVI à travers les remords de son bourreau. Alexandre Dumas fait du musicien Hoffmann le témoin de cette période sanglante dans *La Femme au collier de velours*.

Ce thème de l'assassinat politique a aussi été repris au théâtre par Shakespeare dans la tragédie *Jules César* (1599 ; éditée en 1623) ; par Alfred de Musset dans *Lorenzaccio* (1834) ; par Jean-Paul Sartre dans *Les Mains sales* (1948) ou encore Albert Camus dans *Les Justes* (1949).

LA TRAHISON EN LITTÉRATURE

« Ce n'est pas avec de bons sentiments qu'on fait de la bonne littérature » déclarait André Gide. Et l'un des ressorts les plus efficaces, pour éprouver la sensibilité des lecteurs, consiste à mettre en exergue des êtres fourbes, vils, prêts à tout pour s'enrichir ou obtenir une promotion ; des êtres méprisables qui feront le mal sans remords, voire avec délectation… Dans cette optique-là, le traître est appelé à jouer un rôle de tout premier plan. Il suscitera l'empathie nécessaire pour attacher le public au héros malheureux et faire la fortune de l'écrivain !

Alexandre Dumas (1802-1870)

Le Comte de Monte-Cristo, tome 1 (1844)

Edmond Dantès promu, malgré son jeune âge, capitaine du navire *Le Pharaon,* suscite bien des jalousies : trois de ses amis s'apprêtent à le trahir.

– Non, non, reprit Danglars, si on se décidait à une pareille chose, voyez-vous, il vaudrait bien mieux prendre tout bonnement, comme je le fais, cette plume, la tremper dans l'encre, et écrire de la main gauche, pour que l'écriture ne soit pas reconnue, la petite dénonciation suivante.

Et Danglars, joignant l'exemple au précepte, écrivit de la main gauche et d'une écriture renversée, qui n'avait aucune analogie avec son écriture habituelle, les lignes suivantes qu'il passa à Fernand, et que Fernand lut à demi-voix :

« Monsieur le procureur du Roi est prévenu, par un ami du trône et de la religion, que le nommé Edmond Dantès, second du navire *Le Pharaon*, arrivé ce matin de Smyrne, après avoir touché Naples et à Porto-Ferrajo, a été chargé par Murat d'une lettre pour l'usurpateur, et par l'usurpateur, d'une lettre pour le comité bonapartiste de Paris.

On aura la preuve de son crime en l'arrêtant, car on trouvera cette lettre ou sur lui, ou chez son père, ou dans sa cabine, à bord du *Pharaon.* »

À la bonne heure, continua Danglars ; ainsi votre vengeance aurait le sens commun, car d'aucune façon alors elle ne pourrait retomber sur vous, et la chose irait toute seule ; il n'y aurait plus qu'à plier la lettre, comme je le fais, et à écrire dessus : *À Monsieur le procureur royal* : tout serait dit. Et Danglars écrivit l'adresse en se jouant.

Turold

La Chanson de Roland (seconde moitié du XIe siècle), laisses 44 à 46, traduction d'Adolphe d'Avril (1865)

Ganelon – son beau-père – s'est opposé à Roland, neveu de Charlemagne, pour ce qui concerne la conduite à avoir vis-à-vis de Marsile, puissant chef des Maures. Ganelon décide de se venger de Roland et le trahit.

44

« Beau sire Ganelon, ainsi Dieu vous bénisse !
Par quel moyen puis-je occire Roland ? »
Ganelon répond : « Je vais donc vous le dire :
Le roi sera dans les grands défilés ;
L'arrière-garde au loin sera restée ;

Roland le fier y sera, son neveu,
Puis Olivier, en qui tant il se fie ;
Vingt mille Francs ils auront dans leur troupe.
De vos païens envoyez-leur cent mille,
Qui tout d'abord leur livreront bataille.
[…]
Livrez aux Francs une seconde attaque :
Dans l'une ou l'autre, il faut que Roland reste !
[…]

45
S'il se pouvait que Roland y fût mort,
Charles perdrait le bras droit de son corps ;
Sa merveilleuse troupe y resterait.
Il ne pourrait réunir telle force.
Terre-major[1] resterait en repos. »
Quand il l'entend, le roi le baise au cou,
Puis il a fait apporter ses trésors.

46
Le roi répond (que diraient-ils de plus ?) :
« Bon conseiller celui dont on s'assure.
Donc, s'il y est, jurez-moi de trahir ! »
Ganelon répond : « Qu'il soit comme il vous plaît. »
Sur la relique en son épée enclose,
Il a juré : la trahison est faite !

1. La France.

William Shakespeare (1564-1616)

Jules César (1599), I, 3, traduction de François-Victor Hugo (1872)

À Rome, les conjurés Casca et Cassius voient d'un mauvais œil l'ascension fulgurante de Jules César. L'idée d'un assassinat se fait jour…

CASSIUS.

– Et pourquoi donc César serait-il un tyran ? – Pauvre homme ! je sais bien qu'il ne serait pas loup, – s'il ne voyait que les Romains sont des brebis. – Il ne serait pas lion, si les Romains n'étaient pas des biches. – Ceux qui veulent faire à la hâte un grand feu, – l'allument avec de faibles brins de paille. Quelle ordure, – quel rebut, quel fumier est donc Rome pour n'être plus – que l'immonde combustible qui illumine – un être aussi vil que César ! Mais, ô douleur ! où m'as-tu conduit ? Je parle peut-être – devant un esclave volontaire : alors, je sais – que j'aurai à répondre de ceci. Mais je suis armé, – et les dangers me sont indifférents !

CASCA.

– Vous parlez à Casca, à un homme – qui n'est pas un délateur grimaçant. Prenez ma main : – formez une faction pour redresser tous ces griefs : – et je poserai mon pied aussi loin – que le plus avancé.

CASSIUS.

C'est un marché conclu. – Sachez donc, Casca, que j'ai déjà engagé – plusieurs des plus magnanimes Romains – à tenter avec moi une entreprise, – pleine de glorieux périls. – Je sais qu'ils m'attendent en ce moment – sous le porche de Pompée : car, par cette effroyable nuit, – on ne peut ni bouger ni marcher dans les rues. – Et l'aspect des éléments – est à l'avenant de l'œuvre que nous avons sur les bras, – sanglant, enflammé et terrible.

BIBLIOGRAPHIE

– Biographie, en allemand, de Ricarda Huch : *Friedrich des Grossen Letzte Tage. Erinnerungen von Johann Georg Zimmermann. Mit Zimmermanns Tragischer Biographie von Ricarda Huch*, par Johann Georg Zimmermann, Éditions Rhein-Verlag, 1920 (disponible en bibliothèque spécialisée).
– *Le Nazisme et la Culture*, par Lionel Richard, Éditions Complexe, 2006.
– *Richard Wagner, sa vie, son œuvre, son siècle*, par Martin Gregor-Dellin, Éditions Fayard (biographie de référence).
– *Histoire de la Russie et de son empire*, de Michel Heller, Éditions Flammarion, 1999.
– *Comprendre la révolution russe*, de Martin Malia, Éditions du Seuil, collection « Points Histoire », 1980.
– *Tristan et Yseut*, de Béroul, traduction de Daniel Poirion, Éditions Gallimard, collection « Folio classique », 2000.
– *Mai 68*, de Christine Fauré, Éditions Gallimard, collection « Découvertes », nouvelle édition 2008.
– *1917, la Russie en révolution*, de Nicolas Werth, Éditions Gallimard, collection « Découvertes », 1997.
– *Richard Wagner, l'Opéra de la fin du monde*, de Philippe Godefroid, Éditions Gallimard, collection « Découvertes », 1988.

FILMOGRAPHIE

– *Les Liaisons dangereuses*, de Stephen Frears, avec Glenn Close et John Malkovich, Warner Home Video, 2000.
– *The Red Sword* (adaptation de Tristan et Iseult), de Kevin Reynolds, Fox Pathé Europa, 2007.
– *Tristan und Isolde* (opéra), film de Patrice Chéreau et Patricia Carmine, Éditions Virgin Classics, 2008.

MUSIQUE

– Richard Wagner, *Tristan und Isolde*, coffret 3 cd, direction : Karl Böhm, Deutsche Grammophon, 2002.
– *Best of Wagner*, Deutsche Grammophon, 2003.

INTERNET

– Sur le romantisme : http ://lettres.ac-rouen.fr/francais/romantik/themes/intro3.html
– Sur Richard Wagner : http ://www.musicologie.org/Biographies/w/wagner.html
– Sur la révolution russe : http ://www.curiosphere.tv/guerre14_18/index. htm (dossier la révolution russe et la Première Guerre mondiale)

Couverture
Conception graphique : Marie-Astrid Bailly-Maître
Couverture : D. Boulanov, Leningrad, 1927. Affiche publicitaire stipulant que le Bureau des publicités de Leningrad « accepte les annonces publicitaires pour tous les journaux de Leningrad, Moscou et des provinces » (30 x 79 cm).

Intérieur
Conception graphique : Marie-Astrid Bailly-Maître
Édition : Anne Demarty
Réalisation : Nord Compo, Villeneuve-d'Ascq

www.magnard.fr
www.classiquesetcontemporains.com

Achevé d'imprimer en juin 2010 par «La Tipografica Varese S.p.A.», Varese
N° d'éditeur : 2010/334 - Dépôt légal : juin 2010
Imprimé en Italie